中公文庫

新装版

ナ・バ・テア

None But Air

森　博嗣

中央公論新社

森 博嗣

ナ・バ・テア

None But Air

MORI Hiroshi

目を覚ませ、大人たちよ。

自分たちが人間の完成した形であり、
それに比べて子供は不完全な存在だ、
という理屈は、
死んだ人間が完成した姿であり、
生きているものはすべて不完全だ、
といっているのと等しい。

気づいているか？

大人になる、という意味は、
死を意識して、臆病になる、
たった、それだけの価値。

ほとんど死んでいるに等しい
大人たちの譫言《たわごと》。

古来、人は、「死」を守り、
「死」に縋《すが》って、戦った。
生きていることの尊厳ではない。
生きているものに、できることが、
それしかなかったからだ。

大人が醜い理由は、戦おうとしない
その怯《おび》えた命にあるということに、
気づいているか？

contents
目次

None But Air

ナ・バ・テア

鳥は数学的法則に従って活動する器械《ストルメント》である、人間は、鳥の運動を悉《ことごと》く具備せる器械をば製作することができる。もっともこの器械はバランスを保つ能力だけは欠いているから、あんな大した性能をもってはいないが。それゆえ人間によって組立てられたこういう器械には鳥の生命《アニマ》を除いては何一つ欠けるところがないといえよう、だからこの生命は人間のそれによって代用せねばなるまい。

(Leonardo da Vinci)

prologue

プロローグ

美しい夕日に向かって、僕は飛んでいる。

眼下の雲も、帯電しているみたいにオレンジ色に輝いて、軟らかそうに、甘そうに、そして優しそうに動かない。優しいものって、どうしてどれも止まろうとするのか。手を広げて、さあここへおいで、と微笑む手は、何故みんな止まっているのだろう。

それに引き替え、僕は、いつも動いている。

ずっと、こそこそと動き回っているから、変だな、何をこんなに慌てているのかしら、といつも不思議でならない。きっと、ほんの少しでも止まってしまうと、もうここにはいられない、雲の中へ墜《お》ちていってしまう……、否《いな》、止まっていたら、撃ち墜とされてしまう……、そんな細切《こまぎ》れの、リスが囓《かじ》りかけた木の実くらいどうでも良いような心配が、僕の中に潜んでいる。ビーバが集めて作った小枝の家みたいなものだ。そんなふうに、僕の中に溜まっているにちがいない。

きょろきょろといつも辺りを見回して、ひとときも安心できない。梟《ふくろう》のように目を動かしているのだ。きっと、血走った目をしているだろうな。目が二つしかないことを呪ってやる、って誰かが言っていたっけ。誰だったか……、思い出せないけれど、そいつが墜ちていくときの、ふんわりと紫色に染まった煙のロールだけは、今でも正確に思い浮かべることができる。

目を細めて、少し笑ってみた。

風防のポリカーボがびりびりと振動して、いじけた音を立てている。エンジンの調子があまり良くない証拠だった。シリンダの一つが、つき合いで仕事をしているって、そんな感じ。そういうやる気のないやつを切り離してしまえないシステムというのが、億劫《おっくう》なものだ。人間のグループでも同じことかもしれない。いつかはきっと借りを返してくれる、という兎の耳のような暖かい友情、淡い希望的観測、そんなどろどろのオイルには、できることなら触りたくないな。無駄なものはきっぱりと、捨ててしまいたい。いつもドライで、そして身軽でいたいし、いつも、そのときに可能な最高のコンディションでいたい。それだけが僕の手法。

敵はどこから来ても、風と同じで、必ず、僕のところへ真っ直ぐに向かってくる。自分の髪が揺れた、その瞬間に、僕は最初の舵《かじ》を切る。その一手こそが、なによりも尊い。その滑らかさこそが、すべてを決する。オーバではない。本当にそのとおり。最初からそう教えられたし、それこそオイルみたいに今では身に染みついている。

だけど、まだ、残念ながら、その理想に僕は遠く及ばない。

速く、精確で、そして洗練された流れを、僕は夢見ている。

その美しさだけならば、今の僕にもわかる。

それを、追い求めている、ずっと。

近い将来、僕はそれを手に入れるだろう。

これだけ願っているものが手に入らないはずはない。

それだけが、希望。

それだけが、目的。

前方、オレンジ色のクッションの僅《わず》かに上を、スティングレィみたいに滑っていくのは、僕の影ではない。ティーチャが乗っている機体だった。僕と同じ機体なのに、その飛び方の滑らかさといったらない。真っ直ぐに飛んでいるときでも、それがわかる。風はほぼ真横から、かなり強い。僕の機体は、ときどき翼を振って嫌々をしているみたいに踊るのに、彼の機体にはそれがなかった。この距離からでも充分にわかる。風が見えるのだろうか。

彼が乗っていると、飛行機の形まで違って見える。

そして、
その滑らかさが際立つのは、
もちろん、ダンスのときだ。

敵機の姿を捉えたときの、あの上昇も凄《すご》かった。僕は彼についていくのがやっとだった。

一呼吸も遅れていただろう。水平に戻す手前で、半ロールしてターン。そのあとのダイブも綺麗だった。翼が切る空気が、真っ直ぐの白いリボンのように三度現れた。狂いのないスパイラルを描いて下りていくときに、キャノピィが三回光った。

僕が観察できたのは、そこまで。

あとはもう、自分のことに精一杯で、彼の飛び方に見とれている暇なんてもちろんない。このチームでは初めてのフライト。偵察が主な任務だったけれど、いきなりの遭遇だった。

でも、これも、彼のせいかもしれない。

こんな凄《すさ》まじいナイフには、その輝きに吸い寄せられて、切られるための虫が自然に集まってくる。そんな話を聞いたことがあった。誰だったっけ？　そう、笹倉《ササクラ》だ。僕と一緒に、こちらへ転属になったメカニック。その手の観念的な話がお気に入りで、そんなのばかりだから、ちっとも面白い話ができない奴、つまりは孤独な奴なんだ。僕ほどではないけれど。

そう、ナイフだ。

ティーチャのことは、まえのチームでもときどき噂にはなっていた。すぐ隣の基地だから、幾度か同じプロジェクトに参加したこともある。彼の機体のことも知っていたし、飛んでいるところを遠くから見たことも数回あった。

だけど、こんなに近くで見られたのは、今日が初めて。そんなことよりももっと凄いのは、つい昨夜だったけれど、本人に会えたことだ。飛行機ではなくて、その飛行機に乗っている人間に興味を持つなんて、たぶん、僕の人生の中ではこれが初めてだろうな。否、そもそも、自分以外の人間に興味を持ったことが、一度もなかったはず。そう、思いつかない。

殴りたいとか、殺してやりたいとか、軽度なところでは、二度と顔を見たくない、くらいの感情ならば、他人に向けて抱くことはあった。けれど、それと反対の、好意的な感情なんて、まったく体験したことがない。僕には無縁の概念だと思っていた。考えただけでも、笑えてくる。

ほら、今も笑っているじゃないか。

何が可笑《おか》しいんだか……。

地上に降りたら、僕は絶対に笑わない。だから、こうして飛んでいる間に、可笑しいことを吐き出して、思いっきり笑っておくのかな。それとも、自分に対する腹いせに、思いっきり笑ってみせてやるのかも。いつから、そんなルールを僕は決め込んだのだろう。それがまた、妙に可笑しい。

前を飛ぶ彼の機体が翼を左右に振った。そして、ゆっくりと、雲の中へ沈んでいく。僕も、周囲を見回し、眩《まぶ》しいオレンジ色の雲へ、もう一度だけ目を細めてから、斜めに傾いてダイブに入った。

エンジンを絞って、コクピットの冷たい側面に躰《からだ》を寄せる。肩から伝わる振動。そして、しだいに濃くなっていく、翼端の水蒸気。

やがて、灰色の雲に包まれる。不規則に機体が揺れる。雲の中には、沢山のクッションが浮かんでいて、そいつにときどきぶつかるようだ。誰も見たことはない。僕は計器で傾斜を確かめながら、油圧と燃料も見た。

ときどき、視界が少しだけ戻る。錯覚かもしれない。

一瞬の鈍い光の中に、天使の姿を見ることもある。

雲に隠れて、彼らの中庭があるみたいだ。

噴水や、芝生や、ベンチも。

軟らかそうな白いドレスを引きずって、女たちが歩いている。

手に持った小さな壺から、赤い血を注ごうとしている。

それが噴水の水に薄まって、

溢れ出た分だけが、雨になって地上へ落ちる。

誰も、血の雨だとは知らない。

空で流れる血のことを、地上の連中は誰も知らないのだ。

雲は薄れ、

暗い世界まで下りてきた。

雨が風防にぶつかり、音を立て始める。

翼を傾けて、地上の様子を窺《うかが》ったけれど、よく見えなかった。

彼の機体が後方のライトを点滅させていたので、それだけは見つけることができた。迷子にはならずにすみそうだ。そのまま高度を緩慢に落としながら、十分ほど飛ぶ。赤い点滅灯の低い山を右手に回り込んだところで、滑走路に並んだライトの列が見えてきた。地上にあるもので、一番価値があるものは、あのライト。

「さきに降りろ」無線で彼の声が聞こえた。

「了解」僕は答える。

離陸したときとは、風向きが逆になっていたので、川の方へ大きく行き過ぎてから最後のターンをした。雨はそれほどでもない。時刻は十八時。もう、みんな夕飯にありついた頃だろう。暖かいものが飲みたい。暖かいシャワーが浴びたい。どうして、暖かいことが、そんなに恋しいのか……。飛んでいるときには、思いもしないことなのに、こうして地上へ降りてくると、変な魔法にかかってしまうらしい。病気かもしれない。

滑走路の軸上に乗り、若干サイドに機首を振った姿勢で、斜めにグライドしていった。エンジンはもうほとんど鼾《いびき》くらい静か。プロペラの回転が見える。

ふと見上げると、彼の機体が後方の上空でバンクして、こちらを見ていた。心配しているのだろうか。そんなに初心者だと思われているとしたら、少し心外だけど。

フラップを下げ、続けてギアを出した。問題なし。最後の決定をして、ランディングに入れる。

基地の敷地内で、機首をゆっくりと持ち上げ、端から嘗《な》めるように滑走路に接地した。急に大きな音。ごろごろとタイヤが転がり、気持ちの悪い振動と軋《きし》みの音が僕を取り囲む。ああ、なんて嫌な音だろう。

地上に降りなくてはならないのは、僕たち人間のせいなのだ。飛行機はずっと飛んでいたい、飛ぶための形なのに、こうして、無理をして地上に降りなければならない。そのことが、いつも可哀相だと思う。地面で擦《こす》れ、この無礼な振動で、機体は傷つくだろう。金属は疲労するだろう。痛がっているのに……。その声が聞こえる。

ブレーキをかけて減速した。

滑走路の途中で進路を変えて、格納庫の方へタキシングしていく。

ティーチャの機体が、着陸態勢へ入ったのがライトだけから確認できた。

もちろん、雨が降っているから、キャノピィを開けることはしなかった。滲《にじ》んだ光が、方々へ光を延ばして、いつもよりも綺麗に見える。これくらい滲ませた方が、地上は綺麗だってこと。

格納庫の前で、笹倉が傘をさして待っていた。かつては白かったツナギを着ている。彼の前で停めて、ベルトを外した。キャノピィを持ち上げてから立ち上がり、翼の上に出る。

「長かったな」笹倉が叫んだ。飛んでいる時間のことらしい。

「うん、三機墜とした」僕は指で数を示した。

「え?」彼は目を丸くする。それから、滑走路へ降りてきたもう一機の方へ目を向けた。

僕もそちらを見る。音もなく舞い降りる完璧《かんぺき》なランディングだった。

「二機は彼がやった」僕は説明する。「こっちは、一機を相手にするのに精一杯で、よく見ていなかった。たぶん、二機とも墜ちたと思う」

「間違いないよ」笹倉は微笑んだ。「どう? エンジンの調子は?」

「前半は良かった。後半は駄目。どこか引っかかっている感じ。たぶん、一つ死んでいると思うな。プラグか……、それとも、バルブが固まったんじゃないかな」

「そんなはずはない」

「とにかく、調べておいて」僕は手袋を脱ぎながら、そう言った。

笹倉は、飛行機を格納庫の中へ入れる作業に取りかかった。僕は、彼の傘を借りて、事務所へ向かって歩く。途中で、ポケットから煙草《たばこ》を取り出し、一度だけ立ち止まって火をつけた。煙を二回吐き出したところで、建物の中になった。

ロビィには誰もいない。見上げると、二階の手摺《てすり》越しに合田《ゴーダ》がこちらを見ていた。しかたがないので、僕はロビィの灰皿で煙草を消して、階段を上がっていく。

合田はなにも言わなかった。でも、機嫌は良さそうだ。既に、どこかから、情報を得ているのかもしれない。

明るい彼の部屋に入って、ブラウンの革のソファに腰掛けた。合田は、僕に煙草をすすめた。上等なやつだ。僕はそれを一本だけもらい、すぐに火をつけた。ロビィの灰皿で朽ち果てたやつは口惜しかっただろう。

しばらく、黙って煙草を吸っていると、ドアがノックされ、ティーチャが入ってきた。こちらを一瞥《いちべつ》し、真っ直ぐにデスクの合田のところへ行って軽い敬礼をした。

「そこに」合田はソファの方を示す。

彼は僕の隣に座った。僕の鼓動は、ファイトのときよりもずっと速くなった。

ティーチャは、冷静な口調で、静かに報告をした。偵察飛行の経路、途中の判断、目標だった船舶の様子。その直後に飛来した三機。

「私の判断ミスだ」合田が小さく頭を下げた。

二機だけで行かせたことを言っているのだろう。僕にしてみれば、思ってもみないことだった。どちらかというと、敵が三機だったのを、僕は幸運だと考えていたくらいだ。

「二機は、私が墜としました」ティーチャは静かに言った。そして、僕の方へ顔を向けた。

合田も僕を見る。

「一機は、自分が撃墜しました」僕は答えた。

「よくやってくれた。こちらの被害は？」合田がきく。

「特にありません」ティーチャは答える。しかし、一呼吸おいたところで言葉を続けた。「僚機がエンジンに被弾しただけです。幸い、軽度でした」

「え?」僕は思わず声を上げる。立ち上がっていた。

合田と彼が、僕を見上げる。

「気にするな」合田は、白い歯を見せて微笑んだ。

「気づきませんでした」僕は言葉を選び、溜息《ためいき》をついた。「飛行機を見てきてもよろしいでしょうか?」

合田は頷《うなず》く。

「失礼します」僕は、ティーチャの顔をもう一度見てから、部屋を出た。

煙草を持ったままだったので、やっぱりロビィの灰皿に投げ捨てた。

外へ飛び出し、格納庫まで雨の中を走った。

飛行機は既に庫内に入り、シャッタが半分下りている。ライトスタンドのそばにいた笹倉が顔を上げて、僕を見た。

「どうした?」彼はきいた。

僕は、飛行機の反対側へ回った。

機首のカウリングを見上げる。

穴がすぐに見つかった。

笹倉が、近づいてきた。

「一つ死んでいるのは、たぶん、そいつのせいだ」

「直る？」

笹倉はふっと息を吐いた。「当たり前だろ」

「いつ直る？」

「明日の朝には直るさ」

「そう……」僕は溜息《つむ》をついた。

それから、目を瞑り、上を向いた。

小さな舌打ち。

唇を噛んだ。

「ちきしょう！」言葉がもれる。

「どうってことないさ」笹倉が言う。

「最初の、あのときだ」僕は思い出した。「左から来たとき、ほんの一瞬だけ、迷った。あのとき……。ちきしょう！よくも……」

笹倉は僕を見て笑っている。

「ぶっ殺してやれば良かった」

「ぶっ殺してやったんじゃないのか？」笹倉は片方の眉を上げて、首を傾《かし》げる。

「もっともっと、食らわしてやれば良かった」僕は息を吐く。「馬鹿野郎！」

笹倉は部屋の隅へ歩いていって、コンプレッサのスイッチをつけた。モータ音が唸《うな》り始める。

なんでも良いから、手近にあるものを、蹴飛ばしてやりたかったけれど、僕は機体のカウリングをゆっくりと撫でてやった。気持ちとは反対のことができるなんて、人間って複雑なメカニズムだと思う。

カウリングはまだ仄《ほの》かに温かかった。

僕の代わりに血を流していたのだ。

可哀相に。

深呼吸をして、自分の熱を冷ました。そして、手をポケットに突っ込んで、自分を操縦して、そのままシャッタの方へ歩いた。

笹倉が呼んだので、足を止める。何を言ったのか、よく聞こえなかった。

「何？」僕は大声で尋ねる。

「傘を、返してくれよ」笹倉が叫んだ。

僕は雨の中へ出ていく。

事務所へ向かった。傘をロビィに取りにいくためだ。途中で、そこから出てきたティーチャとすれ違った。彼も傘を差していない。僕を冷たい眼差《まなざ》しでじっと見た。僕も見返したけれど、言葉は出てこなかった。彼は宿舎の方へ歩いていく。
その後ろ姿を見送ってから、僕は再び歩いた。
これが、ここへ移ってきて二日めのこと、彼との最初のフライトだった。

episode 1: glide

第1話 グライド

しかし鳥には数多の気のつくほどの運動の変差に対応する用意があるのを観察したら、この経験に従ってわれわれは、次のように判断を下すことができる、最も根本的な変化は人間の本性に理解されうるものであること、そして人間は広くあの器械、すなわち人間が自らその器械の生命となり指導者たるべき器械の破滅に備えることができるものであることを。

I

自室のベッドに腰掛けて、僕はしばらく頭を抱えていた。

故郷の橋を思い出す。そこを毎朝スクータで通った。その橋の上に、いつも大きな男が立っていた。両手で頭を抱え込んでいる。顔は見えない。川面を眺めていた。なにかを悩んでいるようなポーズに見えた。来る日も来る日も、彼はそこに立っているのだ。きっと、頭がおかしいんだと思う。通行人も、彼を避けて歩いていた。

もしかしたら、橋から飛び降りるのではないか、とそこを通るたびに心配になったものだ。できれば、僕が見ている間だけでも、そんな行動には出ないでくれ、と考えた。近くにいる誰かが助けなくてはならない、誰かを呼ばなくてはならない、そんなことで時間を取られることが惜しいと思えたからだ。

そいつが、どうなったのか、知らない。

もうとっくに飛び降りて、死んでしまったかもしれない。

結果を知りたくはないけれど、あの橋を、もっと別の情景として思い出せたら良いな、とは思う。

足音が聞こえ、ドアがノックされた。

「はい」僕は返事をする。ここでは新参者だから、しかたがない。

ドアが開いて、顔を覗かせたのは、薬田《クスリダ》だった。昨日、初めて会って、少しだけ話をした。丸いレンズのメガネをかけた妙に色白の顔が、頬にある紫色の傷を目立たせている。

「飯は？」彼はそう言って、メガネの中で片目を細めた。

「ありがとう」僕は頷く。「でも、今は食べたくない」

「だったら、そう言ってきな。待っているから」

「わかった」

「どこか、具合が悪いのか？」

「いや、全然」僕は立ち上がり、首をふった。

「みんな、お前の話を聞きたがっている。こういうときは、サービスだと思って、話した方がいい。格好つけているように思われるよりは……」

「ああ」僕は頷く。

「もしかして、格好つけてんのか？」

「いや」

薬田は、鼻から息をもらして笑った。

「今、行くよ」僕は頷いてみせる。

「俺も聞きたいし」彼はにやりと笑った。

　ドアが閉まって、彼が戻っていく音を聞いてから、僕は窓を開け、外の空気を吸った。クラゲみたいに湿った軟弱な空気だったから、ますます気が湿ってしまった。

　戦闘服をまだ着たままだったので、それを着替えて、僕は部屋を出た。外の雨はもうほとんど止んでいた。常夜灯の周囲を見たかぎりでは、霧が出ているみたいだった。珍しいことなのか、いつものことなのか、この近辺の天候については、僕にはまだデータがない。

　食堂は、事務所がある建物の一階の奥で、フロアが一段下がっていた。ガラス戸越しに、中庭の向こう、管制塔の建物の基礎部分が見えるはずだけれど、今はもちろん、外は真っ暗闇の中。夜の窓に囲まれている部屋って、水族館みたいで落ち着かない。

　食堂に十人ほど集まっていた。一番手前に、薬田がいる。他の連中は、名前をまだ覚えていない。全員が男性。しかし、肝心のティーチャはいなかった。武勇伝はもう終わったのだろうか。合田もいない。笹倉もいない。全員がパイロットかどうかも、私服だったので、僕にはわからなかった。

　まず、キッチンの中へ入って、そこにいた老婆に近づいた。大柄で太っていて、エプロンが小さく見える。

「食べられないって？」向こうがさきに言った。

「すみません」

「しかたがないよねぇ。あとで、腹が空いたって、言うんじゃないよ」

「大丈夫です」

「スープだけでも、どうだい？」

「いえ」僕は首をふった。

みんなが待っている場所へ引き返した。薬田が片手で、椅子を引いてくれた。

僕はそこに腰掛ける。隣に薬田。反対側にもう二人。テーブルの向こうに三人。さらに、その向こうの窓際に四人。全員が僕を見つめていた。

大溜息をついた。僕は、こういうのが好きじゃない。このシチュエーションは苦手だ。大勢を相手に話をしていると、自分が人形みたいに思えてくる。そして、手を捻《ひね》ったり、首を引き抜きたくなってしまう。このまま後ろに倒れて、仰向けになったら、僕の目はちゃんと閉まるだろうか、なんてことを考える。

「もう……」僕は、振り返って入口の方を見た。そこには誰もいないけれど、宿舎の方向だった。「二機墜とした話は、済んだわけ？」

「そっちは、あまり興味がない」目の前のインテリ風の男が話した。金髪を刈り上げている。唇が薄く、それがいつも笑っている形をしていた。社交的な形だ。名前は、そう、思い出した。辻間《ツジマ》。「僕たちは、是非、君の話が聞きたかったんだよ」

「どうして?」

「天才がどう動いたかを聞いても、参考にならないから」

「なるほど」僕は頷いた。僕は天才じゃないってわけか。

「簡単に言うよ」僕は説明を始める。「位置としては、斜め後方、距離三百、高度差で百五十くらい高い。向こうが、回り込もうと降下に転じたときには、既にこちらは、スロットルを目一杯絞って、軽くダイブしていた。フラップも使った。その角度から見ると、こちらの速度を見誤ると計算したからだ。それで、後方二百を切ったところで、機首を上げて、上昇するかに見せかけた。当然相手はさらに速度を上げる」

「ストールに入れたのか?」テーブルの向こうから質問。

「そう」僕は頷く。両手を使って、自分と敵の位置を示していた。「失速寸前で、スロットルを全開にして、プロペラ後流で反転した。向こうは突っ込んでくる。さきに撃ってきた」

「危険だな」辻間が言った。

「向き合ってしまえば、どっちが速いかは関係がない。両方の速度が足し算になる。五十くらい落ちていくうちに、舵が戻った。そこで機首を押さえ込んで、撃った」

僕は手を広げる。

「それで、終わり?」誰かが言った。

「そう」僕は簡単に頷いた。「そこまで行くのが、長かったわけだけれど」

誰かが小さく唸った。話が終わって、僕はほっとした。嫌なことは早く片づけたかった。

「翠芽《スイガ》には、どれくらい？」窓際の男がきいた。

「初めて……」僕は応える。「今日が、初めてだ」

「マーク6が？」

「いや、翠芽の経験はない」

「何に乗っていた？」

「散香《サンカ》」

「散香？」少し大きな声だった。びっくりしたようだ。「全然違うじゃないか」

「うん、違う」僕は頷いた。

翠芽マーク6というのが、僕が今日初めて乗った戦闘機だ。空冷二十一気筒という化物エンジンを機首に搭載している。絶対的なパワーによって、速力と上昇力を稼ぐタイプの重戦闘機で、火力も豊富だ。航続距離が多少短いのと、低速旋回が苦手な点が弱点といえる。一方、まえのチームで僕が乗っていたのは、散香という新型機で、これは、水冷エンジンを後方に搭載している。非常に軽量なタイプの戦闘機だった。まだ、配備されて間もないため、あまり広くは知られていない。たまたままえのチームが、最初の試験的な配備に当たったのだ。籤運《くじうん》が悪かった、とチームメイトは嘆いていたけれど、僕は入隊したばかりのデフォルトだったから、どんな飛行機でも素直に受け入れられた。そこで一年間、僕のキャリアは、まだそれしかない。

「もう、戻ってもいいかな？」僕はきいた。誰かに向かって言ったのではなかったけれど、目は、正面の辻間を見ていた。

「ああ、もちろん……」辻間は頷いた。「疲れたのか？」

「いや、そうじゃない」僕は立ち上がって首をふる。「大丈夫だ」

きっと暗い奴だと思われただろう。事実、暗い性格だと自分でも認識している。特に、他人と向き合ったときには、どうしても、こうなってしまう。おそらく、これが僕という人間の仕様なのだと思う。

一応の儀式を終えて、気が楽になった。

ロビィを出るときに煙草に火をつけ、煙を吐き出した。格納庫へ飛行機の様子を見にいくために、僕は外へ出た。

2

ラジオが鳴っていた。歪《ひず》んだ音楽だ。

カウリングが外されている。リフトに乗って、笹倉がエンジンと向き合っていた。スポットライトのせいで、そこだけが眩しい。

「どこ？　カムだった？」近づいていって、僕は尋ねた。

「いや……」彼はこちらを向かずに応える。「大丈夫、どこも異常はないよ。すぐに直る。気にするな」

「そういうふうには、とても見えないね。大ごとって感じだ」

「安心しなって」笹倉は、こちらを向いて白い歯を見せた。「俺の顔を見ろ」

「わざとらしい顔だ」

「人を信じない」彼は、リフトの上に一度座り、そこから飛び降りて、僕の前に立った。

「コーヒーを淹《い》れた。飲むかい？」

「美味《うま》ければ」僕は答える。

「知らないかもしれないが、焦げてる方が美味いんだ」そう言いながら、笹倉は、奥へ歩いていった。

僕は、リフトの上によじ登って、ライトで照らされたシリンダ・ヘッドを覗き込んだ。フィンが芸術品のように薄く鋭く輝いている。どこにも傷はない。カウリングにあった穴の位置を思い浮かべて、もう一度その周辺をよく調べてみた。けれど、なにも見つからなかった。

「ひょっとして、まだ見つからないとか？」僕は少し大きな声できいた。笹倉が遠かったたからだ。

返事がなかったので、またエンジンを調べた。とても綺麗だ。この機体はまだ半年ほどだから、もちろん綺麗なのが当たり前で、そういう意味ではなく、造形が美しい。吸気も排気も、複雑な経路で曲がりくねり、交差している。まるで人間の内臓みたいだった。その有機的な曲面とは対照的に、刃物のように整列したヒートシンク。じっと見つめていると、引き込まれそうだ。

「おい」下から笹倉が呼んだ。見ると、両手にコーヒーカップを持っていた。「降りろ。そこは、お前の場所じゃない」

僕は、片手をついて、リフトから飛び降りた。

「ありがとう」コーヒーを受け取る。

口をつけると、とても熱かった。味なんてわからない。

「まだわからないってこと?」僕はきいた。

「考えるな」笹倉は目を上に向けて、口を開ける。「それは俺の仕事なんだって。お前は、ベッドでぐっすり眠ってりゃいい。明日の朝には、綺麗さっぱり、なにも問題ない」

「こんなところに当ててられるなんて……」僕は、片手を機体のフレームに当てる。冷たさが伝わってきた。「まったく、どうかしていた。二度とこんな真似はさせない」

「わかった、わかったよ」笹倉は片手を広げる。「とにかく、もう終わったんだ、それは」

「ああ……」僕は溜息をついた。「そうだね」

「両方が相手を撃ち墜とすつもりでいるんだからさ、これくらいしかたがない。違うか？」

「違わない」

「まして、これは、散香じゃない」

僕は、舌打ちをして、笹倉を見た。

それは口にしたくなかったことだった。けれど、きっと、彼は僕の気持ちを察して、わざと言葉にしてくれたのだろう。地上にいると、それくらい、つまり無駄なくらい、優しくなれるってことかもしれないな。いい奴だ。

「撃ち墜とされるより、ましだってこと」笹倉は言った。

そのとおりだ、と僕も思う。

理屈では、当然わかっている。それなのに、どうして気がおさまらないのか、自分でもよく理解できない。けれど、自分でもよく理解できないことなんて、僕の周辺には、いくらでもある。無数にある。そっちの方が多い。それが普通なんだ。たとえば、僕自身だって、僕にはよくわからないものでできている。

深呼吸をした。

隣の飛行機へ目が行く。ティーチャの機体だった。

僕はそちらへ歩く。尾翼の近くまで行く。

「触るな！」笹倉が後ろで叫んだ。

僕は振り返って彼を見た。

「触ると、叱られる」笹倉が言った。

「触らない」僕は片手を広げて見せる。少し可笑しかった。「ササクラは、でも、触っているんだろう？」

「いや、まだ許可は下りない」彼は口を歪《ゆが》ませて、首をふった。「前任者は、よほど信頼されていたらしいな」

メカニックが一人転属になったのだ。その代わりに、笹倉が、僕と一緒にこちらへ移ってきた。他にもメカニックは何人もいるはず。ティーチャの機体の面倒を見るのが、誰になるのか、正式にはまだ決まっていないようだが、少なくとも、笹倉の順位は一番最後だろう。

その機体の横を、僕は歩いた。

キャノピィの横の、機体の側面に小さくマークがつけられている。ほとんど一面の模様みたいになっていた。ざっと見ただけでも三十はある。この機体になってから三十機という意味であって、彼が墜とした機体は、その五倍はあると聞いている。とにかく、ずば抜けた数字なのだ。誰も足許にも及ばない。

こちらのチームへ配置換えになると聞いたとき、僕は驚喜した。名門中の名門チームだからだ。そこには、伝説の英雄がいる。ずっと憧れていた人物がいる。吸い込んだ空気が、胸の中で固まってしまうくらい、僕は緊張した。それが、つい先週のこと。

今では、その彼にも直接会えて、握手もした。話もできた。そして、奇跡的なことだが、最初のフライトは、彼と一緒だった。僕が、撃墜王の僚機を務めたのだ。

そういう輝かしい一日が、たった一発の被弾で傷ものになったことが、僕はきっと腹立たしかったのだと思う。冷静になって分析してみれば、実に子供じみている。可笑しい。だけど、僕は笑わなかった。地上では、笑えない。

3

熱いシャワーを浴びたあと、タオルを頭から被って、窓際に立った。カーテンが引かれていなかったから、それを閉めようとした。外で物音がしたように思えたので、窓を開けてみる。僕の部屋は、事務所の前の駐車場に面していた。間には、低い樹木しかない。それは窓よりも下だ。

雨はすっかり上がり、真っ黒な星空が上半分。

短く口笛が鳴った。

駐車場に何人かいる。暗いのでよくわからなかった。向こうからは僕が見えるようだ。

「おーい」誰かが呼ぶ。

目が慣れてきて、それが薬田だとわかった。丸いメガネの片方が、白く反射したからだ。そこへ一発撃ち込んでやりたくなった。

「何？」僕は尋ねた。

「いや……、その……、調子はいいかい？」

馬鹿馬鹿しい。僕は片手を左右に軽く振った。

「街へ遊びにいくんだ。一緒に来ないか？」薬田がきいた。

「今夜は遠慮するよ。また今度」僕は答える。

「奴が来るわけないだろう」という声が聞こえる。

「窓、閉めとけよ、風邪をひくぞ」誰かが言った。

押し殺した笑い声も上がった。

僕は窓を閉めて、そこに映った自分の姿を掻き消すように、カーテンを引いた。

デスクまで戻り、そこに置いた腕時計を見る。まだ八時半。

街というのは、どれくらい遠いのだろう？

この近辺の様子は、なにも知らない。少なくとも、見える範囲には、森と川と、小高い山しかなかった。

エンジン音が高まり、車が出ていく音が聞こえた。それが遠ざかり、また静かになる。

天井の蛍光灯が虫の羽音《はおと》みたいに鈍く唸っている。

笹倉のところへ行きたかった。でも、少しは我慢した方が良いだろう。いろいろな面で、僕は我慢した方が良い。自分の思うとおりに行動していると、きっとまずいことになる、それくらいはわかっていた。もう、子供じゃないのだから。

階段を上がってくる足音。

廊下を近づいてくる。僕の部屋の前に止まり、ノック。

「はい」僕は答える。

「ゴーダだ。良いかね？」

「すいません。今、服を着ます」

僕は慌てて身支度をした。ズボンを穿《は》き、シャツに腕を通した。そのボタンを留めながら、ドアに近づいた。鍵はかけていない。

「どうぞ」僕はドアを開ける。

合田がそこに立っていた。

「すまない、こんな時刻に」彼は言う。手に書類を持っていた。コピィした地図のようだった。「体調は？」

「問題ありません」

「これを」彼はそれを僕に手渡す。「明日の七時に飛んでもらいたい。可能か？」

「はい」僕は、その書類を受け取った。「誰と？」

「ティーチャだ」

その言葉に、僕の心臓は一度だけ大きく鼓動した。ティーチャというのは、彼のコードネームだ。みんな、コードネームでしか彼を呼ばない。それだけでも、彼は特別だった。

「二機ですか？」

「もう一機行かせるかもしれない。その決定は明日の五時にする。君、もしくは君の機体が、もし調子が悪ければ、交代の決定も、それがリミットだ」

「まったく問題はありません」僕は答える。

「被弾箇所は？」

「もう直りました」

「まだ、報告を受けていないが」

「大丈夫です。ササクラが、こちらの工場に慣れていないので、まだカバーをつけられないだけです。さきほど確認してきました」

「そうか……、では、頼む。なにもなければ、六時四十分に事務所へ」

「了解」

彼は通路を戻っていく。ドアを閉めた。

僕は飛び上がるくらい嬉しかった。一度腕を振って、空気抵抗でその嬉しさを確かめた。

なんて幸運な。

また飛べる。

彼と飛べる。

急いで上着を羽織り、僕は部屋から飛び出した。

格納庫の方へ向かう途中、倉庫の前のベンチに、ティーチャが座っていた。

煙草を吸っている。こちらを向いた。

僕は急停止。

彼の前、三メートルのところに立った。

「明日も、よろしくお願いします」僕は頭を下げた。

「ああ、そうらしいな」彼は低い声で言った。煙草の煙を吐き出し、目を細めて、僕を横目で見る。「エンジンは、大丈夫か?」

「今から、見てきます」僕は答えた。

「あいつ、腕は?」

「ササクラですか? ええ、ピカイチです」

ティーチャの煙草が赤くなる。

彼は空を見上げた。

僕も空を見る。

星が沢山見えた。月はない。宇宙みたいに真っ黒な空。地上から見える空にしては、まあまあの出来だった。

「あの……」

「なんだ?」彼は空を見たまま、煙を吐く。

「そこに、座って、良いですか?」

彼は、横目で僕を見据えたあと、ふっと息を吐いた。

「俺が邪魔なら、他へ行くが」

「いえ、ちょっと、その、お話ししたいことが……」

彼が小さく頷いたので、僕はベンチの端に腰掛けた。間にあと二人は座れるくらいの距離を開けて。でも、こんな状況を夢に見たことがあった。思い出せないけれど、確かにあったはず。

「ずっと、散香に乗ってきました。それに比べると、翠芽は、パワーがある」

「ああ」

「火力も強い」

「重い」煙を吐きながら、彼は言った。

「ええ……、でも、充分に引っ張りますよね。どんなところに、気をつければ良いですか?」

ティーチャは、僕をじっと見る。

「どういう意味だ?」彼は低い声できいた。

「つまり、翠芽を乗りこなすためには、何が大事かと」

「マニュアルを読んだか?」

「もちろんです」

「じゃあ、それで充分だ」

「そう……、でも……、その、なにか、あれを扱うコツのようなものは、ありませんか?」

彼は答えなかった。

沈黙。

僕は待つ。

「命を粗末にするな」

「え?」

彼は煙を吐きながら立ち上がった。僕も立ち上がった。

「どういうことですか?」

「今日やったあれは、最後までとっておけ」

彼は、地面で煙草を踏み、宿舎の方へ歩いていった。僕は、彼の背中をずっと見ていた。

今日やったあれ、というのは、僕の撃ち方のことだろう。命を粗末にしたつもりはなかったけれど、たしかに、ほんの少しだけ、捨て身の作戦だといえなくもない。分類すれば、そうなるだろう。しかし、これまで、僕はずっとそうやってきたのだ。

ぎりぎりのところで、競《せ》り勝ってきた。

紙一重のところでかわして、ほんの僅かな隙につけ入った。

危険の中へ飛び込んでこそ、勝機がある。

そう考えていたのだ。

僕は、彼が捨てた煙草を拾い上げ、それを持って、格納庫へ向かって歩いた。

4

もちろんまだ照明が灯っていた。高いところにある側面の窓と、ドアの磨《す》りガラスから光が漏れている。きっと、半径一キロ以内で、この格納庫の中が一番明るいだろう。

シャッタはもう下りていたから、僕はドアを開けて中に入った。

笹倉は、リフトの上に座っていた。僕の方を見る。頭には、溶接用の緑のメガネをのせていた。手に持っているのは、プラグのようだ。彼の近くまで行き、リフトの横に立った。

「出かけなかったのか?」笹倉がきいた。

「誘われなかった」僕は嘘をついた。「明日の朝、飛ぶ」

「何時？」笹倉がこちらを向いた。そういった情報は、通常、メカニックには数時間まえにしか伝えられないことになっている。

「朝早く」僕は声を落として答えた。「行ける？」

「大丈夫」

「不安のあるものでは、行きたくない」

「大丈夫だって言ってるだろ」

「ちゃんと報告してほしい」

「何を？」

「見つかった？」僕は尋ねた。エンジンに当たった弾と、それによる損傷が把握できたのか、その充分な修復が可能か、それが、僕が確認したい事項だった。

「弾は、カウリングの中へは入っていない」

「え？」

「それが結論だ。入射角度がかなり小さかった。違うか？」

「うーん、そう、二十度以下だと思う」

「このアルミ合金は、ゴムみたいに粘《ねば》っこいんだ。衝撃で内側にめくれた部分が、エンジン・ヘッドに接触した。ここだ」笹倉は指をさす。

「乗ってもいい？」

　彼は立ち上がって、端へ移動した。僕は、リフトに乗り、剝き出しのエンジン・ヘッドに顔を近づけた。カム・カバーの横のフィンの端が、三カ所にわたって欠けていた。

「これだけ？」僕は、そのままの姿勢できく。

「ああ、それだけだ」すぐ背後で笹倉の声。

「じゃあ、どうして、シリンダが死んでいるの？」僕は半分だけ振り返った。

「死んでいるのは、そのせいじゃない」笹倉はすぐ横に顔を出す。口を斜めにしていた。腕を伸ばして、僕に示す。「その二つ下のやつだ」

「え？　じゃあ、プラグ？」僕はきいた。彼がプラグを手に持っていたからだ。

「違う」彼は首をふった。「それは調べた。綺麗なもんだ」

「じゃあ、何？」

「オーバ・クールだと思う」

「オーバ・クール？」

「一番前の列のシリンダは、たまにそうなる」

「だけど……」

「このエンジンの宿命なんだ。後ろの二列の冷却を優先するから、必然的にそうなる。ある程度は吸気濃度で誤魔化《ごまか》せる。だが、どんな場合にでも完璧にマッチするわけじゃない。特に高度を急に落としたときになりやすい」

「解決策は?」

「あったら、とっくにやっている」

「どうすれば良い? このままじゃあ、乗りにくい」

「うーん、たまに、負荷をかけるしかないな」

「なんだ、そんなこと? 簡単じゃないか。それって、みんなは知っていること?」

「たぶん」

「教えてくれなくちゃ困るよな、そういうことは」

一メートル四方ほどの狭いリフトの上に立っていたので、僕たち二人はかなり接近していた。僕は、ちょっとバランスを崩し、諦《あきら》めて、下へ飛び降りようとした。しかし、笹倉が、僕の腕を摑んで支えてくれた。頼みもしないのに、そういうことをする人間がいるんだな、と思った。全然嬉しくない。摑まれたところが痛かったし。僕は礼も言わず、リフトに一度座ってから、下へ降りた。

「吸気を濃い側へ気持ちだけ開けておこうか?」笹倉がきいた。「それとも、今のままがいいか……」

「今のままでいい」僕は彼を見ずに答えた。

隣にある機体にも、スポットライトが当てられている。誰かが整備の途中のようだったけれど、今は誰もいない。小さく音楽が鳴っている。水中で演奏しているみたいに歪《ひず》んでいた。別の部屋から聞こえてくるものだろう。

「空冷ってのはさ、そういうものなんだ」笹倉が言った。

「わかった」僕は背を向けたまま頷く。

格納庫から出た。

僕は煙草に火をつける。煙を吹き出すとき、空を見上げた。煙を空へ帰してやろうと思ったのかもしれない。星空が冷たそうだった。

なんとなく、落ち着かない気持ちだ。なんというのだろう、自分が、この場所にいるという、しっくりとした感覚が希薄だった。自分が軽い。地面に立っていることが、不思議なくらい。煙みたいに、拡散しそうな感じ。

滑走路の方へ少し歩く。

でも、いつだって、僕は夢を見ているように、生きている。

自分を含めて、周囲のものすべてが、粘土で作られたおもちゃみたいに、どうでも良いものだって感じてしまう。放っておけば、どんどん乾燥して、軽くなって、ついにはひび割れて、ばらばらになり、粉々になって、風に飛ばされてしまう、そんな存在なのだと。

そう思うことが、気楽で、そして楽しいとさえ思う。

そう思うことで、なんとか生きていける、とも思える。

反対に、自分の躰の中の水分を意識すると、もう駄目だ。急に躰は重くなり、すべてがどうしようもなく厄介で、呼吸一つ、鼓動一つを、重々しい儀式のように感じてしまう。

他人に触れられた箇所が、もう自分の躰として成り立たない、という法則が、僕を締めつけているみたいだった。笹倉に摑まれた左腕だ。そこを、右手で摑んだ。ほんの少しだけ、そこには古い傷が残っている。傷はその一つではない。笹倉はもちろん知らないだろう。誰も知らない。僕が、自分でつけた傷だ。そのまもう、僕でなくなることを願った痕だ。

煙を吐く。

星空が霞《かす》む。

けれど、それは僕の目の問題。星が霞むことなんて、絶対にない。僕の目か、僕の目の前の雲か、せいぜいが、そんな地面に近いところだけの問題にすぎない。星は、そんなちっぽけなこと、知っちゃいない。

カウリングに開いた穴のことが、頭から離れなかった。僕の頭に開いた穴と同じだった。ずっと以前から、まだ小さな子供のときから、ずっと開いている穴のように思えた。

5

翌朝、三機の翠芽が飛び立った。

ティーチャと僕と、それから、もう一人は薬田だった。六時間まえに命じられた、と話していた。二日酔いの様子はなかったけれど、昨日までなかった新しい引っ掻き傷が、目の横にできていた。もちろん、理由は聞いていない。

地上は曇り、風はない。

雲の上に出たところで上昇をやめて、そのまま南南東へ飛んだ。

三十分後に、四機の爆撃機と合流し、一時間ほど、それを護衛するだけの任務だった。しかし、二機だったものが三機になった理由があるはずで、それなりの危険が予想された。危険というのは、予測されるものだけに使う言葉だろう。味方の戦闘機が他に来るのかどうかは不確定だった。通常は、別の基地のチームが次々にリレーして護衛をする。全体のプロジェクトに関する説明は一切なかった。もし敵機が飛来するとすれば、位置的に見て、空母からだ。しかも、それがここへ来るまでに、また別のチームが迎え撃つはずである。それほど何重にもシールドされているのに、ちゃんとかいくぐってやってくる奴がいて、そのためのバックアップとして僕たちがいる、というようなニュアンスを、合田が今朝の短いミーティングで話していた。こういう場合、何重にも及ぶシールドというのは、会議の回数か、それとも企画書の枚数という意味であって、信頼できるパイロット、あるいは火力のことではない。

右上方にティーチャ、その手前に薬田、僕が最後尾、一番低いところにいる。下の雲は切れ目なく地面をすっかり覆っていたけれど、左手のずっと遠くに、山の頂上が幾つか見えた。もうそろそろ、下は海のはずだ。

無線も既に使用していない。

エンジンもどろどろどろと快調。ときどき、軽く吹かしてやった。変な癖がつきそうだ。

日差しが強いので、反対方向を眺めることが多い。そちらから、爆撃機のチームが来るはずだった。何だろう? 鈴城《スズシロ》か、あるいは、双胴の紫目《ムラサキメ》か。爆撃機という飛行機には、一度も乗ったことがない。きっと船みたいに退屈で酔ってしまう、そんな代物なのでは、と想像する。乗っている奴らは、僕が知っている範囲では、腕が太くて、入れ墨をしていて、例外なくクレイジィだ。

メータを確かめ、あとは、ぐるぐると辺りを見回している。下は雲だから、しかたがない。この位置を飛ぶと、不思議に、海上すれすれを飛んでいる錯覚に襲われてくる。ときどきそれに気づいて、とても愉快だ。

先頭を飛ぶ彼の機体が上昇を始めた。薬田も従った。軽く操縦桿《そうじゅうかん》を一度引き、スロットルを押し開く。高いところを見回して、ようやく見つけた。キャノピィの傷よりもずっと小さかった。

じわじわと高度を上げていく。下方の白い雲の全体像が見えてくる。遠くでは途切れていた。上の薄い雲を抜けて、さらに上がった。さすがにパワーを誇る翠芽だけあって、速度がほとんど落ちない。どこまでも上っていけそうだ。

爆撃機は四機、どれも紫目だった。紫目が四機揃って出向くってことは、工場一つが標的というケースではない。もっと大物だ。四発のエンジンが低く唸っている。スロープルースのコーラスみたいだった。とにかく、なにもかもが重そう。かつて、爆撃機は「妊婦」って呼ばれていたけれど、女性のパイロットが増えたため、今ではその呼称は使われなくなった。少なくとも、紫目の双胴は太くはない。その代わり、主翼が分厚くて、異様な形だ。こいつが地上にいると、誰も飛行機だと思わないだろう。潜水艦だと言っても、大勢が信じるのではないだろうか。

同じ高さまで上り、少しずつ進路を寄せていった。こちらの隊形はそのまま。向こうの四機は菱形になって飛んでいた。

他には飛行機は見当たらない。既に味方の戦闘機は帰っていったということだろうか。窓の中が見えるほど近づいたけれど、翼を振ったりするような真似はしなかった。向こうはやろうと思ってもできないだろう。

再び高度を少しだけ落として、ゆっくりと飛ぶことにする。この方が燃料の節約にもなる。

この高さまで戦闘機が上がることは滅多にない。空気が少ないということが手応えでわかる。機速のわりに揺れない。エンジンの音も乾いている。プロペラが空回りしているみたいな感じ。

少し寒くなってきた。僕は、首の回りにマフラを巻き付けている。ゴーグルを一度外して目を擦った。

白い雲は、もうずっと下の方。

地球の丸さが仄かにわかる。

これでも、まだ地面を這《は》っているようなものだって、誰かが言っていた。天国はもっともっと高いところにあるって。そんな馬鹿な話はない。これよりも上に、何があるって言うんだ？　きっと、この高さまで上がったことがない連中が、負け惜しみで言った話にちがいない。

静かに二十分ほど飛んだ。

太陽の位置は、だんだん正面に近づいていた。

前方左下に、光る機影を見た。

ティーチャが翼を振ってから、高度を下げ、僕の横まで後退してきた。キャノピィ越しに僕を見る。こちらへ指を差し、次に上の爆撃機の方へ指を向けた。お前はここに残れという意味だ。もともと、三機のうち二機が迎え撃ち、僕が残ることに決まっていたから、今さら言われなくても、わかっていることだった。どうして念を押したのだろう。僕が作戦を無視して飛び出していくとでも思ったのかな。

二機は横転し、ほとんど背面に入りながら、降りていった。

僕も片翼を少し下げて、そちらを凝視した。敵の数は、正確にはわからないが、三機以上いるように見える。もちろん、機種まではわからない。全部が戦闘機ではないかもしれない。

しかし、それ以外にも、常に周囲を確認するのが僕の役目だ。

これ以上高いところから来ることはありえないので、前後左右を眺める。上にいる爆撃機たちは、機銃の用意を始めていた。後尾の機銃室に人が入り込むのが見えた。

左下の方角で、ファイトが始まったようだ。

しかし、ここからでは、音も光も見えない。静かに動いている小さな点があるだけ。

敵機は、四機らしい。

行かなくて良いだろうか？

迷った。

多少速度を下げる。爆撃機が、僕の上を前方へ滑り出る。

そのまま三分。

僕は後方を気にしていた。

あと一分経ってなにも起こらなかったら、降りていこう。

操縦桿を握っている右手が、そう言った。

そのとき、前方斜め右、やや下方に、二機見えた。

「来た!」僕は叫んだ。

歓喜に近い声だっただろう。

スロットルを僅かに上げる。しかし、高度はそのまま。

遅れて、爆撃機も気づいたようだ。敵機の方へ機首を向けようとしている。僕は、彼らの下を斜めにくぐって前へ出た。

どんどん近づいてくる。二機はまだ離れない。

その隊形のまま最初の突入をするつもりだ。そういう作戦を決めてきたのだろう。でも、戦闘機が一機残っていることを知って、慌てているだろうな。

安全装置を解除。

油圧チェック。

燃料タンクを切り換える。

二舵のトリムを修正。

僕はゴーグルを直す。大きく深呼吸をした。

近づいてくる。

何だ?

銀色に翼端が光った。二機とも単発だ。

増槽を落とすのが見えた。

一機が左へ上りながら遠ざかっていく。もう一機は真っ直ぐこちらへ来る。

僕は周囲を見た。四機の爆撃機の位置を確認。さらに高度を上げ、隊形を変えて、応戦態勢をとっている。離れた敵一機は、爆撃機の反対側へ回り込むつもりだろう。

こちらへ向かってくる奴が、翼を垂直に立てた。

撃ってくるだろう、あと三秒で。
一、二、三。
エレベータを引いて、急上昇。

思ったとおり、撃ってきた。

もう一機は、まだ下だ。

相手は、僕をかわして、爆撃機へ下から突っ込むか、それとも、僕の後ろへ回り込むか。

エンジンを絞る。

フラップ。

エルロンで、右へ倒す。

こちらへ来る。

フル・スロットル。

頭を押さえ込み、躰を突っ張ってラダーを切った。

スリップしながら、機首が相手へ向く。
「来い!」
撃つ。
ダウン。
相手の姿勢を見て、すぐにロールに入れる。
相手も撃った。
スパイラルで、ダイブ。
もう一機を見る。
そっちがさきか。
フル・スロットル。
機体が躍った。
増槽を切り離す。機体は浮き上がり、上昇に転じた。
フラップを引っ込める。
後ろにいた相手が、撃ってくる。
しかし、逃げ切れる。あの態勢からは追いつけないだろう。
ロールで背面に入れて、敵の様子を窺った。
大丈夫、もたついている。

そのまま一気に上昇。

爆撃機に近づこうとしている一機の斜め下。死角だ。

味方の機体に重ならないように、やや高度を下げ、次に上を向く。

撃つ。

二秒で離脱。

エンジンを絞り、止まっている敵機をパイロンみたいに回り込む。キャノピィに当たったか。煙は出ていない。しかし、そのまま、ゆっくりと右に傾き始めていた。もう死んでいるかもしれない。背面のまま、下りていった。

上ってくるもう一機の正面に一瞬入る。

相手が撃つ。

ラダーとフラップで機首を向け、こちらも一秒撃った。

すれ違う。

すぐにループ。

スロットルを押し上げる。

敵は爆撃機の方へ向かって少しだけ撃った。まだ遠い。

さっきの一機が墜ちていくのが見えた。煙は出ていない。

敵は僕の方へターンする。

やる気だ。
上等。
深呼吸。
メータで油圧、油温をチェック。燃料系もチェック。
笹倉が見てくれたエンジンも快調だ。
もう少し機体が軽かったら、もっと早く敵が倒せるのに。
旋回に入れる。
敵もバンクしてこちらへ向かってくる。
左へターン。
しかし、すぐに右へ切り直す。
アップ。
スロットル・ハイ。
ロールして、敵の位置を見る。
どうやら、相手はこの高度ではあまりパワーが出ないらしい。
上下のルートを選択したがらないのは、そのためか。
ツイストしてから、右へ反転。
相手は、様子を見ている。

ティーチャと薬田のことが気になった。
しかし、なにも見えない。
爆撃機からもだいぶ離れていた。
誰もここまで上がってこない。
ということは、良いゲームだってこと。
こちらも、なかなかのダンスだ。
残った一機は、さすがにさっきの奴よりは賢い。
バンクに入れて、こちらをよく見ながら飛んでいた。
フラップを少し戻し、速度を上げる。
やはり、こちらの方が速い。
これでは、あいつに勝ち目はないだろう。
「よし」
アップ。
内側へ入り、減速。
フル・フラップ。
ラダーとエルロンを逆に切る。
スライドしながら、敵の方へ機首を向ける。

相手はバンクを戻し、真っ直ぐになった。

偉い。逃げようとしたら餌食《えじき》だったところ。

しかし、そのままパワーで強引に近づく。

敵が機首を下げた。

ダウン。

射程に入る。

微調整のあと、僕は撃った。

見届ける必要もなかった。

すぐに後方の爆撃機を確かめる。ずっと遠くだ。

反転して、一度高度を下げる。

敵機は煙を吐き、真っ直ぐに飛び続けている。逃げるつもりだろうか。そんなことができるとは、とうてい思えない。

離脱。

緩《ゆる》やかなターンに入れて、ロールしながら周囲を観察した。

左後方から、一機上ってくる。

敵か味方か、わからなかった。

6

そちらへ、機首を向けて降りていく。

味方の翠芽だとわかった。薬田の機体だ。

しかし、その後ろに敵機がいた。僕が墜としたのとは、違うタイプの機体で、双発だった。

相手が撃つ。

僕に向けて撃ったのではない。薬田を狙ったのだ。

僕は急旋回に入れて、その後ろにつくコースを選んだ。

敵機は踊るように翻《ひるがえ》って、下を向く。

とても速い。

僕が機首を押さえ込むまえに、ずっと下へ逃げていった。

薬田も大丈夫のようだった。上でターンをしているのが見えた。

僕は、機首を真下へ向ける。

パワーを上げた。

油温がやや高い。

機体が振動を始める。速度が限界に近づいている証拠。

雲の中へ、敵機は入っていく。

そのまま逃げるつもりだろう。

スパイラルに入れて、周囲を確認した。

薬田は来ない。

「戻れ」無線だ。ティーチャの声だった。

僕は呼吸をして、ゆっくりと操縦桿を引く。

ティーチャの機体は見えない。どこから見ているのか。

深追いするな、ということだろうか。この空域で無線を使うことは異例だが、既に派手にバトルをしたあとだから、どちらでも同じこと。

敵機は、雲の中へ消えようとした。

そのとき、急に火を噴いた。

そのまま見えなくなる。

僕はびっくりして、ターンをする。

雲の中から、紺色の機体が上がってきた。ティーチャの翠芽だった。

彼は斜めに上っていく。爆撃機の方向へ。

僕も彼の角度に合わせて、そちらへ上昇した。

途中で緩やかにロールをする。

もう周囲には敵がいない。

薬田も同じコースに並んだ。

燃料計を確かめる。もう少し飛んだら、戻らないといけない。

上の雲の高度を超えたところで、水平に戻した。三機は、三発の大型機みたいに三角隊形を保った。

四機の紫目が見えてくる。無事のようだった。

追いついて、やや下につく。

ライトをつけて、挨拶をしていた。こちらは翼を振って応える。

一度反転し、下を見回す。

誰もいない。

静かだ。

エンジンの音だけが同調して、荘厳なサウンドを奏でている。僕はゴーグルを外して深呼吸をした。コクピットの空気は冷たく、キャノピィのフレームは凍っている。けれど、太陽の光は優しく、暖かくて、そして仄かに甘い。少し酔ったかもしれない。

五分ほど飛んだところで、大きな四機とは別れた。

すぐに、次の戦闘機が護衛に上がってくるはず。みんなで爆弾を守っているのだ。そんなに大事な爆弾なら、ずっと大切に持っていれば良いものを、わざわざ相手の領地へ捨ててくるのだから、戦争っていうのは不思議な行動だ。

爆弾は、爆弾という一つのプロジェクト。爆撃機も戦闘機も、単なる配備という名の作戦。記号を動かして、数学の式を解くように、誰かが答を見つけようとしているのだ。僕たちはただ、自分たちの属性、自分たちの本能に従って、動いているだけのこと。どうせ、そのルールからは抜け出せないのだから、自分の判断で動いているようで、実は、誰も自由ではない。

ただ、地上にいる連中に比べれば、まだ少しは、ここの方が自由かもしれない。とにかく、身動きができなくなってしまう、ということが、ここにはない。

最悪でも、下へ墜ちていける。

墜ちていって、地面に衝突して、

ぺしゃんこになることができる。

それが許されているだけでも、ありがたい、というもの。死んでしまっても、ちゃんと墜ちていけるのだから。

でも、下が海のときは、ちょっと嫌だと思う。

僕は海があまり好きじゃない。魚も好きじゃない。あの中へ、入っていくのだけは、できれば避けたいところ。

今は、海の上を飛んでいる。

その気持ち悪い下界を見せないように、気を利かせて、雲が広がっているみたいだった。

黙って、帰路を飛ぶ。

太陽は後方の高いところにあって、下の雲にときどき小さな自分の影が映った。

最後に、雲の中へ沈んでいく。

嫌らしく纏いつく湿った空気が、地面の近さを教えてくれる。

下の世界は汚い。

暗く、そして、どこまでも鈍い。

雲だって、地面に近いやつほど、薄汚れている。

地面に擦れて、汚れてしまうのだろう、油の染みた真っ黒な整備工の靴みたいに。

泥のように嫌らしい世界に、僕たちは住んでいるのだ。

だから、
どんなに気持ちの良い仕事のあとだって、最後には、降りてくるだけで憂鬱《ゆううつ》になってしまう。こんな場所で、笑える奴の気がしれない。

7

その夜、食堂で軽いパーティめいた集《つど》いがあった。しかし、ティーチャは出席しなかった。彼がいなければ、僕もそこにいる意味がない。義理で少しだけ顔を出して、早々に辞去した。

僕はまた格納庫へ飛行機を見にいった。照明が灯っていたから、笹倉がいると思ったのだ。でも、ドアを開けて中を見回しても、誰もいなかった。静まり返り、音楽もかかっていない。

翠芽が三機、ここにいる。

僕と彼の飛行機、そしてもう一機は予備の機体だった。こういった場所が滑走路の方々に点在しているので、メカニックは、そのつど移動しなければならない。笹倉はきっと、他の場所で仕事をしているのだろう。

僕は今日、二機を墜とした。ティーチャは三機だった。最後に逃げていく一機を雲の手前でやった。あれは凄かった。僕自身、まるで気づかなかったし、きっと相手だって、誰に撃たれたのかわからなかっただろう。雲の中に浮かんでいる岩にぶつかったと思ったかもしれない。パイロットの間では、その岩の話は有名だった。

自分の機体の周囲を歩く。

翼前縁に軽く手を触れて、そのカーブを確かめた。

フラップの舵角をもう少し大きくできないものか、と笹倉に相談したかった。

しかたがなく、外に出て、滑走路の方へのんびりと歩く。照明灯の下で、煙草を吸うことにした。ここに立つと、空に白い道が見える。そしてなによりも、自分の居場所の暗さが、素敵だ。

そもそも、僕は夜が好きだ。

飛んでいるときも、そうだけれど、地面に降りたときには、断然夜が良い。本当は、夜を満喫するために、ずっと起きていたいところだけれど、昼間の仕事が多いからしかたがない。夜は空気もクールだし、懐かしい音が聞こえる。夜の音というのだろうか、しーんと鳴っている。それがまるで、夜という機関の作動音みたいで、それを聞いている間は安心できる。この音が止まったら、星が一斉に落ちてきそうな感じもする。夜という風船が、ちゃんと膨《ふく》らんでいられるのは、この機関が空気をずっと風船に供給しているせいにちがいない。

足音が聞こえた。

誰かがこちらへ近づいてくる。

僕は振り返り、そちらを見た。煙草を吸いながら、薬田が歩いてきた。

「どうした?」彼は五メートルほどの距離で立ち止まって僕にきいた。

「え、何が?」

「ここで、何を?」

「べつになにも」

「君が出ていって、みんながっかりしているよ」

「まさか」僕は少し笑ってみせた。敬礼と同じくらい社交辞令だ。「もう、説明はしたよ」

「君のことを、みんなはもっと知りたいんだ」

薬田の口調は、以前よりも丁寧だった。何故だろう?

「どうして?」

「うん、どうしてって、普通、そうなんじゃないかな。身近にいる人間で、好意を持っていれば、もっといろいろ知りたくなるってのが、自然だと思うけど」

「もう、だいたい話したと思うよ。まえのチームのこととか、フライト経験のこととか」

「もっと、プライベートなことさ」

「ああ、なるほど。特に秘密はない。きいてくれたら、答えられることは答えるけれど……。たとえば?」

「たとえば……」薬田は、煙を吐き出した。

僕も煙草をポケットから抜き取る。夜の澄んだ空気は、煙草にはうってつけだ。

「うーん、そうだな、たとえば、何が好きか、とか」

「飛行機が好きだよ。乗っているときが一番幸せ」

「他には?」

「好きなもの?」

「そう」

「煙草が好きかな」僕はライタを手で覆って、煙草に火をつけた。「それから、一人でいるのが好きだよ。クスリダは、なにか好きなものがある?」

「絵を描くのが好きだ」

「へえ……」

僕は煙を吐いた。

なんという空気だろう。

五メートルの距離のところに他人が立っていて、まったく脈絡の読めない会話をしている。ラジオ放送みたいに、僕はそれを聴いているのだ。

そう、他人の存在なんて、音と同じ。

嫌でも聞こえてくるけれど、
しかし、僕は押されるわけでも、引かれるわけでもない。

触りさえしなければ、なにも影響はない。

単なる空気の振動。

それにしても、この薬田という男はウェットな人格だ、と僕は評価した。こうして、新人に接近してくる、という親切心も、この職業に就く者としては珍しいといえる。だいたいが、みんなドライで、友人のことをケーキと同じ程度にしか考えていない。そのとき一口食べてみて、ちょっと美味いと思えば、それで良い。それだけの存在なのだ。いつ、いなくなるかもしれない。べつに、なければないでかまわない。

世の中の人間に対して、すべてそういった目で、僕たちは見ているかもしれない。敵意などまったくない。しかし、その逆の、親密な感情も抱けない。人間は人間。動物の一種。スポーツで、同じ国のチームを応援するみたいに、サルよりは人間の方が好ましいとは感じる、それくらいの親近感しかないのだ。

「たとえば、恋人は?」薬田が口をきいた。

まだそこにいたのか、と僕は驚いたほどだった。

煙を吸い込み、肺で消化し、別の煙にして吐き出した。

「え?」僕はわざとききき返す。

「誰か、いる?」薬田は質問する。彼は煙草を投げ捨てて、それを地面で踏みつけるために、数歩、僕に近づいた。距離は三メートル以内になる。

「質問の意味がよくわからない」僕は多少冷たい口調になっていた。「もしかして、僕に現在そういうパートナがいるのかっていう意味？」

「うん、まあ、そう……。気を悪くしないでくれ」

「ああ、いや……、特に気分が悪いわけじゃないよ」僕は、息をもらした。「だけど、そういう質問は、あまり感心しない。規則でも禁じられているはずだ」

「そうだ。もちろん、話したくなければ、べつに……」

「そういう問題ではなくて、それを尋ねるという姿勢に、そもそも違和感があるよ」

「悪かった」薬田は両手を広げた。「謝る。どうか、なかったことにしてくれ」

「そちらも、なかったことにしてほしい。今の会話を、戻ってみんなに話したりしないでもらいたい」

「わかっている」

「そういうことのない、職場を希望している」僕はそう言ってから、煙草を口にくわえ、煙を吸い込んだ。嫌な話題を煙で殺菌したい、と考えたのかも。

薬田は、片手を軽く持ち上げ、一度笑顔で頷くと、その場を立ち去った。

僕は、しばらくまた、闇の中で煙草を吸い続けた。

飛行機を降りると、これだから嫌になる。

8

翌朝、エンジン音で目が覚めて、通路へ出た。滑走路の方を窺ったけれど、飛び立つところは見えなかった。風が冷たいが、晴天だった。誰が飛んでいったのだろう。

急に飛び起きたので、夢の内容を忘れてしまった。ベッドへ戻って、そこに腰掛けて、よく考えてみた。嫌な夢だったはず。なのに、どうして思い出そうとしているのか、変な話だ。とても不愉快だった、という感覚だけが、喉の下のところに残っている。事実、僕はそこに片手を当てて、ゆっくりと息を吐き出していた。

薬田が夢に出てきたような気がする。そうだ、昨夜のことを寝るまえに少し考えた。爆撃機の護衛に残されたのが、薬田ではなく、僕だった。薬田は、天才の一番のパートナでありたい、と考えていただろう。パイロットだったら、誰だってそう思うに決まっている。最初の時点では、ティーチャについていける方が、信頼されたパートナだと考えたはず。僕だって、残れという指示には、少なからず不満だった。まえの日に仕事の腕は見せたつもりだったから、なおさらだ。

けれど、結果的には、別の二機が現れた。こうなると、まるで反対になる。オーバにいえば、僕が残っていたから任務が遂行できた、といえるかもしれない。薬田では無理だった、ということを僕は言いたいらしい。

もちろん、薬田が、どれくらいの腕前なのか、僕は知らない。しかし、もし、僕よりも上ならば、ああいった言動にはならないだろう。昨夜はやけに言葉遣いが丁寧だったじゃないか。

つまりは、ティーチャに腕を見込まれて、そこに残ったのは、薬田ではなく、僕だったということ。そのことで、薬田が、僕に対して嫉妬《しっと》しても、全然不思議ではない。ごく当然の感情だと理解できる。もし逆の立場だったら、僕は猛烈に嫉妬しただろう。

それに絡んだ夢だったように思う。

僕は、思いっきり、薬田に罵倒《ばとう》の言葉を投げつけてやりたかった。そういう形のない憤りだけが、目が覚めても残留していた。

けれど、現実にまで夢の気持ちを引きずるわけにはいかない。事実、氷が溶けるように、薬田に対する敵対心も薄れていった。

気の良い奴かもしれないではないか。否、きっとそうだろう。僕のことを心配して、いろいろ世話をやいてくれているのだ。そう考えよう。

着替えをして、食堂へ出ていく。もう誰もいなかった。時刻が少し遅いせいだ。食堂の老婆に、誰が飛んでいったのか、と尋ねたが、首を横にふられた。そんなものよりも、スープの中に溶けているものの方がはるかに大切だ、という価値観が、彼女が築き上げた人生の成果の一つなのだ。

食器を返してから、煙草に火をつけて、新聞を読んでいたら、名前を呼ばれた。顔を上げると、ロビィに合田が立っていて、こちらへ来るように、と指で示した。

僕はすぐに立ち上がって、そちらへ出ていった。合田は階段を上がり、さきに自室へ入っていく。ドアは開けたままだった。僕は敬礼をしてから、彼の部屋に入り、ドアを閉めた。

出撃のないときには、特に朝の決まった時刻に起きなければならないという規則はない。基地内にいさえすれば、文句はないはずだ。だから、朝寝坊のことではないだろう。

「何でしょうか?」僕はデスクの前に進み出て、きいた。

「座りなさい」合田は、片手でソファを示し、自分も椅子に腰掛けて、脚を組んだ。「今朝、クスリダから、報告を受けた」

僕は、ソファに腰掛け、彼を真っ直ぐに見る。何の報告なのか、見当もつかなかったので、黙っていた。

「なにか、君に失礼なことがあったという報告だ。彼の話は抽象的で、充分にはわからなかったが、私としては、君の仕事には大変満足している。できれば、ここで長く働いてほしい。そう考えている。だがそれも、もちろん、君の意思を尊重したい。遠慮なく言ってもらえると、助かるよ」

頭の中で、夏の雲みたいに、立ち上がるものがあった。

「お話がよく理解できません」僕はまず答える。「特に、失礼なことを身に受けた覚えはありませんし、また、自分もここで長く任務に当たりたいと考えています」

「そうか」合田は軽く頷き、一度窓の方を眺めた。目を細め、遠くを見ている様子だが、きっと見ていない。人間はものを本当に見たいとき、目を細めたりはしないものだ。

しばらく、黙って待った。

「つまり、こういうことだと思える」ようやく合田はこちらを向いた。口調は静かで、とても冷静な響きだった。「どうか、気を悪くしないでもらいたい」

「はい」

「この基地は、名門のチームだと言われている。その理由が何か、わかっているね？」

「もちろんです」僕は頷く。

他の基地との違いは明確だ。それは、ティーチャの存在である。それ以外に、特別な点はなにもない。

「彼がここへ来てから、このチームは目覚ましい成績を収めている。滅多に欠員を出していない。君がここへ来られたのは、もちろん、ここへの転属希望を出したからだと思うが……」

「そのとおりです」

「そういった希望者は、君だけではない。とても沢山いるだろう。そんな中で、君が選ばれた理由は、もちろん、私にはわからない」

「自分もわかりません。単なる偶然かと思います」

「とにかく、他のチームに比べると、圧倒的に異動が少ない。欠員を出さないのと、他へ移る希望を出す者がいないためだ。したがって、滅多に新人はやってこない」

「はい、そう聞いています」僕は頷きながら、話の回りくどさに、多少呆《あき》れていた。

「現在、我が社には、女性のパイロットが約二割程度はいる。評価値の平均は、男性を上回っている。ただ、どういうわけか、このチームには、今まで、女性のパイロットはいなかった。この基地が開設されて以来一人もだ」

「知っています」僕は即答した。話が意外な方へ向かったので、少し驚く。

「私自身は、女性のパイロットと組んだこともあるし、また、女性パイロットの部下を持ったこともある。だが、ここにいる連中の多くは、この基地が初めての配属で、どういうのか、つまり、慣れていない、ということはいえると思う」

「彼は、ティーチャは、どうでしょうか？」僕はきいてみた。

「さあ、その点に関して、彼がなんらかの意見を持っているとは思えない、単なる私の想像だが」

「自分も、まったくそれと同じです。重要な意味を持った事項とは思えません。大変恐縮ですが、お話の意図がよくわかりませんでした。自分の性別が、なにか問題でしょうか?」

「いや、そうではない。まったく違う」合田は首をふった。「そういった旧文化的な価値観が、未《いま》だに残っていることを、遺憾《いかん》に思っている。しかし、それがないとはいえない、という意味だ」

「もし、存在するとしたら、非常に不愉快です」

「そのとおりだ」合田は頷いた。笑おうとして、途中でそれをやめて、表情をシャットダウンした。

「ご理解に感謝します」僕は頭を下げた。「宿舎の部屋も、他のメンバとはフロアが違っていて、自分だけが一人部屋のようです。もしかして、これも性別に関係する扱いだったでしょうか?」

「そうだ。安全側を選択しただけのことだが、気に入らないかね?」

「いいえ」僕は首をふった。「それについても感謝をしたいと思っていました。区別されることは、もちろん本意ではありませんけれど、自分は、その、一人でいることが大変好きです。一人になることで、自分の能力を発揮できると考えています。その分、良い仕事をするつもりですので、できれば、今のまま、一人部屋を使わせていただければと希望します」

「了解した」合田は頷いた。「ティーチャも一人だ」

「そうですか」

「似ているかもしれないね」

「え？　自分と、彼が、ですか？」

「私の見たかぎりでは」

それは、どちらかというと嬉しいことだった。しかし、僕は微笑まず、そのまま黙っていた。

「話はそれだけだ。つまらないことで時間を取らせて、すまなかった」

「いいえ、説明の必要がある事項だと判断できます。ありがとうございました」

「君は、素質に恵まれていると聞いている。彼のもとで学ぶことは有意義だろう」

「はい、そう思います」

僕は立ち上がり、敬礼をしてから、部屋を出ようとした。

「あ、クサナギ君」合田に呼び止められる。

ドアの手前で立ち止まって、彼の方を向く。

「飛行機は、どうだね？」デスクの横で、合田がきいた。

「翠芽のことですか？」

「そう、以前に乗っていたのは、たしか……」

「散香です」

「うん、まったく違うタイプの機体だ。慣れないのではないかね?」

「大丈夫です。もう慣れました」

「いや、実は……、散香の新しいタイプの導入を検討していてね。社の方針としても、ゆくゆくは、プッシャに全面移行していくつもりのようだ」

「そうなんですか。やはり、燃費の関係ですか?」

「まあ、そんなところだろう。かかる費用と、得られる成果の比率だけしか、トップの会議には出ていかない」

「誰が乗っているのか、というファクタは、評価されないのですね」

「そういうことだ。ともかく、もし、君が希望するのならば、新しい散香を一機、ここへ入れても良い。そういう話が来ているのだが、どうだね?」

「それは、ええ、もちろん、とても魅力的なお話です。なにか、もう新型の情報が届いているのでしょうか?」

「こちらに、その気があれば、取り寄せられる」

「スペックを見てから、判断することが可能ですか?」

「もちろんだ」合田は微笑んだ。

「では、是非お願いします」

「わかった」

僕は部屋から出て、階段を下りていった。最後の話が良いものだったので、気分はすっかり治っていた。

新しい飛行機か。

とても楽しみだ。

9

格納庫へ歩きながら、僕は合田の話をもう一度考えてみようと思った。そのあとに聞いた新鋭機のことで、気持ちがリセットされたので、冷静にそれを扱うことができるかもしれないと感じたからだ。

男女の性別という問題を持ち出すことは、この分野ではもはや古い。それは明らかなことだが、長い文化の中で根づいてきた亡霊のような評価と判断に引きずられている人間が依然として多いことも、当然承知している。

そのために、こういった方面の話題を最初から拒絶し、一切議論をしない、受けつけない、というのが僕のスタンスだけれど、しかしもちろん、ほんのたまには、自分が女性であることを意識するときもある。それは、自分の内側から起動する肉体的な問題ではけっしてない。そんなものは、まったくの小事だ。そうではなく、周囲の認識に対する反動、という形で意識せざるをえない状況に追い込まれるという意味だ。

たとえば、ずっと昔に、肌の色が違うことで差別された人種がいたけれど、これも、そもそも、その人間たちだけの社会ではなにもなかった問題であって、当然ながら、最初から意識すべきコンプレックスが存在したわけではない。自己評価は、文字どおり自分一人の判断であって、それで自分を把握していれば充分なのだ。それだけならば、いかなる問題も生じない。

しかし、そうはいっても、社会の中にあって、自分以外の人間が、自分をどのように見ているのか、という点が、まったく自分に影響しないかというと、そんな簡単なものでもないだろう。むしろ、自分以上に、周囲は自分を観察している。そう思えるときが往々にしてある。

そうした対比として、男女があるし、老若があるし、人種が分かれ、血縁が生まれ、あるいは、仕事の上下関係や、敵や味方も生じる。自分一人だけならば、性別もなければ、上下もない。老若は時間経過に等しいし、自分の変化としての、健康、機嫌、そして安定、といったファクタが存在するだけだろう。

ちょうど、空に一人で浮かんでいるときが、それに近い。

右も左もない。

真っ直ぐなのか、傾いているか、もよくわからない。

つまり、どうでも良いことなのだ。

自分以外に誰かがいると、そいつとの関係を考えなくてはならなくなる。その苦労に人間はずっと取り憑かれている。

したがって、そういった対比の基準を外側に求めることは、実に面倒だと僕は感じる。

外側には、あまり面白い対象がない。

好きになれるものが少ない。

何故か、僕の場合にはそうなのだ。

みんながどうなのか、そんなことは知らない。

それも、どうだって良いことだ。

ただ……、

僕の場合は、彼の存在だけが、例外だった。

期待はとても大きくて、自分でも信じられないほど。事実、ここへ来るまでは、自分の気持ちに対してさえ半信半疑だった。こんなにも他人に、外側にいる人間に、自分が興味を持つなんて、なにかの間違いではないか、と考えたくらいだ。

彼と一緒に飛んだ二度のフライトで、それは確信になった。

確信ということ自体が、僕には珍しいことかもしれない。

何だろう？　この珍しさは。

格納庫のシャッタが上がっていて、外に出された小さな椅子に、笹倉が腰掛けて煙草を吸っていた。

中を覗くと、飛行機は二機しかない。一機は今朝飛んでいったのだろう。

「どうした？　機嫌が良さそうだ」笹倉が煙を吐き出してから言った。

「そうかな」

「朝から、そういう顔は珍しい。なにか良い知らせがあったとか？」

「新しい飛行機に乗れるかもしれない」僕は煙草をポケットから取り出した。

「何？　機種は？」

「散香」

「え？」笹倉は目を丸くした。「本当に？　もう、次の型ができているのか？」

「もしかして、噂を聞いている？」

「うーん、エンジンがボア・アップして、三段の吸気変速が備わっている。これは、単なる想像。あとは、舵面《だめん》が全面的に見直されて、コントローラブルになったらしい。重量を軸に近づけて、ロールが速いとも。おそらく、機銃だね、機首へ持ってきたんだ。もともとの設計はそうだったはずなんだ」

「どこから、そういうのを聞いてくるわけ？」僕は、思わず吹き出した。「スパイだと疑われても、文句はいえない」

「ま、いろいろ連れがいるんだ。もう、けっこう長いんで。聞かなかったことにしてくれ」

「エンジン関係には、不満はなかったよ。でも、ロールについては、そう、たしかにちょっと遅れる。一番不満だった点がそこかな」

「主翼に機銃さえ載っていなければ、どんな飛行機もそれなりにいい線いくんだ。防弾と、火力と、あとは、燃料の補助タンクが、余分だね」

「しかたがないよ、遊びで飛んでいるわけじゃない」

「下から見ていると、遊びにいっているように見えるけどなあ」

「それは心外だ」

「でもさ、誰一人、嫌々出ていく奴がいないだろう？　帰ってこられないかもしれないのに、出ていくときは、嬉々《きき》としている。違うか？」

「そうかな。緊張しているだけなんじゃない？」

「帰ってきたときは、なんか、ぼうっとしていて、もう終わってしまったのか、まだもの足りないぞって顔だ」

「それはある」僕は頷いた。「できることなら、降りてきたくないよ。だけど、飛んだまま眠れないし、シャワーも浴びられないし」

笹倉は立ち上がった。背伸びをして、深呼吸をした。

「そうか、散香が来るのか……」

「いや、まだ正式に決まったわけじゃない。いつのことかもわからない。内緒にしておいて」僕は頼んだ。

乾いたぞうきんみたいに躰が鈍《なま》っている感じがしたので、滑走路の周辺を走ることにした。空気は冷たいが、日差しは優しい。枯れた草が、まだ真っ直ぐに伸びていて、自分が枯れたことに気づいていない、まるで人間の大人みたいに。

仕事の習性で、ときどき空を見上げたけれど、雲もなく、見通しは良い。眩しい光以外には、なにもなかった。

自分の影を眺めながらしばらく走る。滑走路の端まで来て、反対側へ向かい、川沿いの土手へ駆け上った。その向こう側には樹木が立ち並んでいて、きっと人間が作った防風林だろう。自然のほとんどは、人間が都合良く作ったものだ。砂漠だって自然なのに、何故か緑豊かな土地だけが愛される。地上は、そういう嫌らしさに溢れているのだ。きっと海の中にも、沢山沈んでいるだろう。川から流れ込んだ嫌らしさが、消えずに溜まっているにちがいない。

その点、空はまだ無傷に思える。

何故かっていうと、人間が作ったものが、空にはほとんど浮かんでいないからだ。汚れた泥水の上に現れる上澄みのように、そこだけが澄んでいる。軽いものしか、存在できないから。少しでも汚れたものは、重くなって、下へ沈んでいくのだろう。

土手をしばらく走ったところで、多少息切れがした。汗も噴き出す。腰を曲げて下を向くと、爆弾のように地面に汗が真っ直ぐ落ちていった。

川が見渡せる。といっても、流れている水はほんの少ししかない。砂地と、ところどころに植物。この近くには橋もない。対岸までは数百メートルもあって、滑走路みたいに、両側の堤防は真っ直ぐだった。

下流の方へ向かって、しばらく歩く。

斜めの土手に寝転がっている男がいて、すぐにそれがティーチャだとわかった。僕は、立ち止まらずに、今までのペースを維持して歩いたけれど、しかし、もう呼吸のテンポは違っていた。意識して、落ち着こうとしているのだ。敵機が来るまえの緊張と同種のものに思えた。こういうとき、自分が歩くコースを、操縦桿をイメージして微修正している。

安全装置を解除している指。

スロットルの手応えを意識している左手。

そんな連想をまた楽しんでいるもう一人の自分。

土手の草の中へ足を踏み入れ、僕は下りていった。

彼は顔の上にキャップを乗せていて、片腕を頭の下に敷いている。片脚を曲げ、もう一方を膝に掛けて浮かせていた。

三メートルほどのところまで接近する。

動かない。

寝ているのだろうか。

邪魔かもしれない、と思ったので、黙っていた。

眩しい空を一度見上げる。

ずっと高いところに、鳥が見えた。

翼を動かさず、滑空して、旋回を続けている。あの高さから、きっと、僕たち二人を見ているだろう。

「散香の話をゴーダから聞いたか?」彼が突然話しかけてきた。静かな口調だった。

「はい」僕は即答する。「つい、さきほど」

「どう答えた?」彼はきいた。帽子もそのまま、したがって、彼の顔は見えない。

「イエスと」

「そうか。まえは散香に乗っていたんだな」

「そうです」

「好きか?」

「好きです」

「どんなところが?」

「軽い」僕は即答した。「それに尽きます。とにかく、動きが軽くて、機敏です。それでも、重い機銃を主翼に載せたせいで、ロール系に鈍さがありました。今回のバージョンアップで、それが改善されていればと期待しています」

「改善されるだろう。もともと、機銃は胴体に載せる設計だった。そのために無理をしてエンジンを後ろへ持っていったんだからな」

散香は、エンジンが後部にある。プロペラは機体の一番後ろで回っているのだ。したがって、コクピットより前には、エンジンもプロペラもない。細長く突き出した胴体に、先尾翼があるだけ。

「あの……」僕は一歩彼に近づいた。「失礼があるかもしれませんが、それは正しくありません。エンジンを後方へ搭載しているのは、飛ぶための効率とバランスのためです。機銃を載せることが主目的ではありません」

彼は片手を持ち上げて、顔の上のキャップをかぶり直した。それから、ゆっくりと上半身を起こし、座った姿勢になる。前を向いたままだ。僕の方を見なかった。

「うん、そうだな。お前の言うとおりだ」彼は低い声で言った。

「散香に乗られたことがありますか?」僕は尋ねる。

彼は、僕の方へ顔を半分向けて、横目で僕を見据えた。

「ある」

「どうでしたか？」

「あれが開発されるとき、俺はテストパイロットで、何度か飛んだ。だから、いろいろ意見も言った。素晴らしい飛行機だと思っている」

「そうなんですか。すみません、知らなかったものですから」

「ゴーダから、新鋭機の話があったんだが、俺は断った。それで、お前に話が行ったってわけだ」

「え？」

「ここでは、もうお前がナンバ・ツーだってことだな」

僕は、そこで言葉に詰まった。

どうして、ティーチャが新しい散香を断ったのか、という疑問と、僕が、このチームで彼の次に位置するという評価が、同時に頭の中に飛び込んできた。

複雑だ。

まるで、目の前に違うタイプの戦闘機が二機現れたときのように。

彼は胸のポケットから煙草を取り出して、それを口にくわえた。

「座れよ」煙を吐き出すと、突っ立っている僕の方を斜めに見上げて、彼は言った。

僕は草の上に腰を下ろした。

彼よりも後ろのやや高い位置だった。距離は二メートル半くらい。どうして、そういった間合いになるのか、よくわからない。これ以上近づくのは危険だ、という本能からだろうか。

しばらく、彼が吐き出した煙の変形を眺めていた。

意味はない。

ただ、そういうものをじっと観察する習性が、この職業には必要なのだ。

短い時間だったけれど、一所懸命に考えた。

まず、僕がこの基地で彼に次ぐ腕前を持っていることは、自分でも薄々はわかっていた。それくらいの自信はある。それどころか、ここへやってくるときには、ティーチャの腕さえも、僕は疑っていた。噂はかなり古くからのものだったから、今はもう引退しているのでは……、そうでなくても、もう衰えているはずだ、と考えたのだ。そういう彼を見ても幻滅しないように、彼への尊敬の念が薄れることがないように、自分に言い聞かせてきたくらいだった。

他の連中など、初めから眼中にない。僕は、自分の腕を知っている。僕を墜とせる奴なんて、そうはいないだろう。それは、最初に操縦桿を握ったときに既に感じることができた。ここは、僕がいる場所だ。僕のためにある場所だ、と思った。

したがって、ナンバ・ツーなのは、当然のこと。

ただ、それを彼の口から聞いたことに対する驚き、そしてあるいは、もしかしたら、微《かす》かな征服感のようなものは確かにあったとも思える。

しかし、もう一つの問題。

何故、ティーチャは、散香を断ったのか。

それについては、いろいろな可能性を思い巡らしたけれど、どれも納得できなかった。パイロットという人種は、常に、最新鋭の飛行機に乗ることを望んでいる。新しい機体は、必ず古いものよりも高性能だ。高性能でなかったら、作られない。新しい飛行機に乗ることは、自分の躰が新しくなるような感覚を伴う。生まれ変わって、今までよりも速くて力強い新しい躰を動かすことができる。こんな楽しさはない。こんな幸せはない。

おそらく、実戦試験の意味を兼ねて、仮配備される一機だったのだろう。当然ながら、合田は、ティーチャにまずその話を持っていったはず。その彼が断ったから、次に僕のところへきた。お下がりをもらったことになる。

でも、どうして、彼は断ったのだろう？

開発の段階で関わったのならば、余計にその飛行機に乗ってみたいと考えるのが普通ではないか。自分の意見が採り入れられた機体ならば、絶対にそう思うはずだ。もしかして、聞き入れられなかったのだろうか？

それを尋ねることは、どことなく気が引けた。

無意味だろうか？　否、無謀だろうか？

自分が迷っていることを自覚し、迷っている理由を探した。

それも、また見つからない。

「あれを見ろ」彼が片手を伸ばし、空を指さした。

僕はそちらを見る。眩しい空に、目を細めた。

なにもない。

旋回している鳥が一羽。

僕は、意味がわからなかったので、彼の顔を見た。

「もうすぐ、急降下する」彼は言った。

僕はもう一度空を見上げた。

鳥のことのようだ。

どんな兆候で彼がそう判断したのか、わからないけれど、彼の言葉のとおり、そのシルエットの黒い鳥は、急に真っ直ぐ、墜ちてきた。川原の中央の草むらの中へ、突っ込んでいった。翼を畳み、加速し、しかし、ときどき、確実にコースを微調整していた。地面に激突する、と思われたとき、翼を広げ、躰を起こす。次に、速度を利用して水平に滑空していく。そこで草の中へ一瞬消えた。

あっという間のことで、もちろん、音も聞こえない。

次に現れたときには、翼を素早く動かし、ゆっくりと上昇していく。重そうだった。脚に大きなものを摑んでいる。高くは飛べないのか、川の向こう側へ、低空飛行していった。

「凄い」僕は言葉にした。正直に、そう思った。生きものは好きではない。だから、あまり観察したことはなかったけれど、今見た動きは、仕事の参考になると思った。

「落ちていくときは、重い方がいい」彼はそう言って、立ち上がった。「襲う方は軽量である必要はない。機敏さってのは、逃げるものが欲しがる機能だ」

口を斜めにして、少し笑ったようだった。

僕も立ち上がった。

でも、彼はさっさと土手の上まで行ってしまった。

川の方をもう一度見たけれど、どこにも黒い鳥は見えなかった。

episode 2: loop

第2話 ループ

蝙蝠《こうもり》の飛翔は必要の命じるところに従って完全に張《は》りつめた薄膜質の翼を有する。というのは蝙蝠の餌食となる夜間動物は逃れるために非常にややこしい身のひるがえしかたをするうえに、このごたごたにさまざまな廻転やら自由自在の迂廻《うかい》やらが加わる。そこで蝙蝠には或る時は逆立《さかだ》ちして、或る時は斜めに、その他さまざまな姿勢でそれを捕獲することが必要であるが、空気の透過《とうか》する羽毛からなる翼をもってしては、そういうことは自分の破滅なくしてはなしえないであろうから。

I

散香のマークA2が基地へやってきたのは、ほぼ一カ月後のことだった。それまでに、僕は翠芽で六回空へ上がった。けれど、一度も敵機に出会わなかった。その六回のうち四回がティーチャと一緒だったし、もっと彼から学びたい、と願っていたのに、残念ながら、良い機会は現れなかった。

しかし、地上では幾度か、彼と話をすることができた。彼と僕の飛行機は、同じ格納庫を使っていて、そこで彼と顔を合わせることも多かった。驚いたことに、笹倉が抜擢《ばってき》され、彼の機体を担当することになった。どういう経緯だったのかは、僕は知らない。笹倉は大いに張り切っていたから、その分、僕の飛行機で手を抜くのではないかと心配になるほどだった。

だけど一方では、僕は翠芽には今一つ愛着がわかなかった。それというのも、もうすぐ散香が来る、という思いがあったからで、可哀相だけれど、それはもうしかたがない。できることならば、なるべく傷をつけないように、大切に乗ってやろうという気持ちだけだ。

普通だったら、数回フライトをすれば、自分に合わせてカスタマイズしてしまうだろう。笹倉に頼んで、あちらこちら、いろいろと改造するところなのだが、今回はそれを我慢していた。

翠芽のコクピットは、僕には少し大きい。こんなぶかぶかの棺桶では、落ち着いて死ねやしない。こいつは、機首に馬鹿でかいエンジンを搭載しているせいで、そのまま胴体が太いためだ。これに比べると、散香は小さい。鈍器とナイフみたいに、まったく違う武器のような気がする。

しかし、翠芽に乗れたことは、僕にとってはとても良い経験になった、と感じる。押されるのではなく、引っ張られて飛ぶメカニズムは、上昇しているときの絶対的な安定感があるし、プロペラの風を舵に受けられるから、失速からコントロールが戻るまでのタイムラグも短い。この点は、一対一の戦闘では有利だ。だからその分、飛び方に幅ができる。けれど、やはり、今の性能が精一杯だ、という印象が強い。そういうぎりぎりのエンジンと機体だというのも、乗っていてよくわかる。エンジンの振動や、翼が風を切る音に余裕がない、とでもいうのか。重い鎧《よろい》を着て、重い剣を振り回しているのに似ているだろう。これ以上にはもう、重装備にできない状態。とにかく、疲れてしまう。

散香は、そういった戦闘機の進化の流れからすると、本流とは少し離れたところへ顔を出した新種といって良いだろう。テストパイロットとして開発に参加したとティーチャは話していたけれど、彼はどんな意見を出したのだろう。とても気になる。

この飛行機には、パイロットが望んでいる適度な柔らかさがあった。それは確かだと思う。

夢の中でも、僕は飛行機に乗っていることが多くて、やっぱり、あとになって思い出してみると、それはだいたい散香のコクピットだった。

あまり面白い夢は見ない。夢よりも、現実の方がずっと面白いことはまちがいないだろう。夢の場合、だいたいはどこかトラブルが起こって、思うとおりに飛行機が動かない、そんな場面ばかりなのだ。実際に、そういったことで致命的なトラブルに遭遇した経験はなかった。悪い夢を見ることで、厄払いができる、と僕は考えることにしている。現に、これまではそうだった。

合田から、明日の午後に散香が到着すると聞いた夜には、もう嬉しくて嬉しくて、僕はいても立ってもいられなくなった。格納庫へ走って、笹倉に会いにいくと、彼は、シャッタの前でバイクを直していた。古いガラクタ寸前の代物を譲り受けて、それをオーバホールしていたものだ。数日の間、ずっとばらばらだったのに、そのときは、ちゃんとバイクの形に戻っていたから、少しだけ驚いた。

「どうした？　嬉しそうな顔をして」笹倉が僕を見て言った。

「明日、散香が来る」

「そう、それは良かった。見ものだな」彼はスパナをツールボックスの中へ戻した。「吸気の三段切換えが一番見たいよ。どこにそんなスペースがあったのかもね」

「なにかを小さくしたんじゃないかな、魔法を使って」

そこで気づいたのだが、笹倉はいつもの作業着を着ていなかった、革のジャンパなのだ。ごく普通の格好だけれど、彼にしては珍しいファッションだ。

「どこかへ、行くの？」僕はきいた。

「うん、ちょっと試運転に」

「え？　これで？」僕はそのバイクを見た。

「他に、俺が乗れるものはないよ」

「どこまで？」

「いや、街まで」

「街って、どこにあるの？　どれくらい、遠い？」

「行ったこと、ないのか？」笹倉が口を開ける。

「一度も」僕は首をふった。

「へえ……。じゃあ、行くかい？」

「え、どうやって？」

「戦闘機と違って、こいつは二人乗れるんだ」

「嘘だ」僕は笑った。

「本当だよ。ほら、ここにシートがあるだろう？」笹倉はバイクの後ろを片手で叩いた。「タンデムなんだって」

そう言われてみれば、バイクに二人で乗っている写真を見たことがある。しかし、それはもっと大型の立派なバイクだった。

「街には、何がある？」

「特に、なにもないね。コーヒーでも飲んで、パイでも食べて、帰ってくるだけだ」

時刻は十八時半だった。僕はまだ夕食を食べていない。そろそろ食堂へ顔を出さないと、また呼び出されそうだ。

「一緒に行く」僕は言った。

「え？」笹倉は目を丸くした。「冗談だろ？」顔をしかめて、嫌そうな表情になる。

「誘ったじゃないか」

「まあ、その……、ものの弾みってやつだ」

「運転させてほしい」

「え？　バイクに乗ったこと、ある？」

「スクータなら」

「駄目だ」笹倉は首をふった。

「簡単だと思うけどなぁ、飛行機に比べたら」

「駄目」

「わかった、じゃあ、後ろの、ここに乗るから」僕もそのシートを叩いた。

2

食堂の老婆の顔が思い浮かんだときには、もう基地から一キロも離れた森の中を疾走していた。道は無愛想に真っ直ぐで、それに暗い。前方だけがヘッドライトで照らし出されていた。僕は、笹倉の後ろに乗っている。最初はとても気持ちが良かったけれど、途中からどんどん寒くなってきた。

「どう?」笹倉が大声で叫んだ。

「寒い!」僕は答える。

しばらくすると、バイクは減速して、道端に停車した。

辺りは森林。

少し先に開けた土地があるようだったけれど、見える範囲には店も家もない。車も通っていなかった。狼が出てきそうな雰囲気《ふんいき》だ。銃を持ってくれば良かった、と初めて僕は後悔した。

「何？」バイクに乗ったまま、僕は笹倉に尋ねる。

「ちょっと、降りてくれ」

僕はバイクから離れた。僕が降りないと、笹倉が降りられないからだった。彼はバイクのスタンドを立てる。エンジンはまだ低い爆発音を不規則に鳴らしていた。

彼は、ジャンパのファスナを開けた。何をするつもりか、と思ったら、それを脱ぐ。そして、僕の方へジャンパを投げた。慌てて、それを受け止める。

意味がわからない。首を傾げて彼を見た。

「それを着ろ」笹倉はそう言うと、バイクのハンドルに手をかけて、再びそれに跨《また》がった。

「どうして？　大丈夫だよ」僕は笑いながら言った。「そんなに寒くはないって」

笹倉は黙っていて、手首を捻って一度エンジンを吹かした。

「あのさ、こういうの、僕は好きじゃないな」近づいて、僕は言った。「わかっているだろう？　やめてほしい」

笹倉は横目で僕を睨《にら》みつける。

「お前はパイロットだ」笹倉は言った。「風邪をひくなら、整備工の方が良いさ。それが安全率ってやつ。単なるエンジニアリングだ」

三秒ほど考えてから、僕は黙ってジャンパに腕を通した。そして、再び彼の後ろ、バイクのシートに乗る。

「OK、行くぞ」笹倉が叫んで、バイクは滑り出す。あっという間に加速した。もっとも、大した速度は出ない。エンジンはすかすかに疲れているって感じで、ギアの具合もかなり悪そうだった。これじゃあ、帰ってこられるかどうか、少し心配になる。でも、少なくとも、ジャンパのおかげで、もう寒くなかった。

森林のあとは草原。そのあと、川の堤防に上がって走る。辺りは真っ暗だったけれど、鉄橋が近づいてきて、そこに小さな明かりが沢山見えた。

その橋の向こう側に、赤やオレンジ色の光があって、ようやく、賑やかという言葉を思い出した。でも、橋を渡っていくと、そこにあったのは三軒の建物だけ。他にはなにもない。少し離れたところにもう一軒見えたけれど、倉庫か廃墟か。

「あそこは?」

「駅だ」

「駅?」

駅というからには鉄道なのだろう。でも、それらしいものはなにも見えない。ぼんやりと明るい部分が遠くにあって、建物はそのせいでシルエットになって見える。

手前の三軒のうち、一軒は道路の左側で、ガス・ステーションだった。小屋が一軒だけ。明かりが灯っている。赤いトラックが一台、横の空地に駐まっていた。右側の手前は商店らしいけれど、今はドアを閉めていた。看板の明かりも消えている。すぐ前の電信柱のライトが照らし出しているだけだった。何を売っている店なのか、よくわからないが、きっと、なんでも売ると口で言うわりになにも置いていない店だろう。もう一軒は少し道から奥まったところに建っている平たい建物で、それが一番大きかった。看板には、オレンジのネオンもあって、文字を部分的に光らせていた。店の名前は、ライド・オンなんとかというようだ。後半は読めない。

店の前の広場に、車が三台駐まっていた。笹倉のバイクは、その店の戸口の近くまで進んで、エンジンを止めた。

「ここが、街?」僕はきいた。

「いや、ここは、街の端だ」

「だろうね。みんなは、どこへ行っているわけ?」

「みんなって?」

「クスリダたちだよ」

「知らない」笹倉は首をふった。「俺も、そんなにこちらに詳しいわけじゃないよ」

店の中は、どす黒い音楽が流れていて、それだけで脂っこい感じがした。入口の近くに、レトロなジュークボックスがある。そいつが鳴っているのだ。もしかしたら、故障しているのかもしれない。テーブルが十くらいあるだろうか。奥の方に客がいた。カウンタには誰もいない。笹倉は、カウンタへ行く。僕は、ジュークボックスを覗き込んでから、彼のあとを追った。

どこから出てきたのか、店員は白髪の太った老人で、片方の目が動かなかった。僕たちはコーヒーとパイを注文した。

「濃いやつかい？」店員は、首を傾げて確認した。アルコールを注文しないことが奇妙だ、という顔だったかもしれない。

「濃い方がいい」笹倉は言った。

「そっちの彼女も？」

僕は頷く。

コーヒーっていうのは、とっくの昔にできている液体のことだった。白いカップをカウンタの上に出してひっくり返し、ポットからそれを注ぎ入れると、老人は、皺《しわ》だらけの手で、それを僕たちの前に置いた。

「何で来た？　変な音がしたな」彼が笹倉にきいた。

「バイク」

「バイク？　二人で？」僕の方を横目で見る。

そのとき、僕は自分が着ているジャンパに気づいて、笹倉に返そうと思った。でも、もうこの場所は寒くはないし、今、そんなことを人前でするのは、笹倉も嫌だろうと想像して、考え直した。まだ、その爺さんが僕の顔をじろじろと見ている。珍しいのかもしれない。早くパイを焼け、と僕は言ってやりたかった。

「こいつ、パイロットなんだ」笹倉が言った。

「へえ、そいつぁ、凄いな」老人は目を丸くする。「飛ぶときってのは、やっぱり、あれかい？　しらふなのかい？」

僕は鼻から息をもらして頷いた。

笹倉が僕に顔を寄せて、内緒話をしようとする。僕は耳を貸した。

「不愉快だったら、出るけど」彼はそう言った。

僕は首をふる。

コーヒーは苦かった。ほとんどコーヒーの香りはしない。沈殿した苦みだけのような飲みものだった。それでも、不味《まず》くはない。刺激的だと評価しても良いだろう。

「まえは、どうやってここへ？」僕はきいた。笹倉が、この店が初めてではないようだったからだ。

「整備工仲間だけで、一度、車で来た。そのとき、ティーチャもいた」

「え？　一緒に来たの？」

「違う、俺たちが来たら、そこの」笹倉は、カウンタの奥の方を指さした。「一番奥に座ってた」

「どうやってここへ来たのかな？　彼もバイク？」

「さあ、知らない」笹倉は首をふる。「女が一緒だったから、そいつの車かも」

「へえ、どんな女？」

「どんなって……」笹倉が面倒そうな顔を見せる。

「若い女？」

「ああ、そういう意味か。そりゃあ、まあ、そうだね」笹倉は口を斜めにした。「派手な化粧で、短いスカートを穿いていた。少なくとも……」

パイロットじゃない、と言いかけたようだ。言葉を出すまえに気づいて、彼は誤魔化すためにコーヒーに口をつけた。

ようやくパイが皿にのってやってきた。僕は、すぐにそれを手に取ろうとしたけれど、熱くて持てなかった。しかたなく、皿にのせたまま、口へ近づける。そういう食べ方は、きっとマナーに反するだろう。でも、この店にそういった上品な制約があるとは思えなかった。

何のパイだろう？　熱くて、よくわからない味だった。胡椒《こしょう》が利いている。美味いのかもしれない。僕にはわからない味なのかもしれない。しかし、何十キロも走ってわざわざ食べにくるほどのものではないだろう。それは確かだ。だけど、僕たちの仕事だって、何百キロも飛んでわざわざやりにいくことか、というものばかりなのだから、言えた立場じゃない。

ティーチャの話は少し気になった。僕は振り返って、店の入口を何度か見た。今にも彼が入ってきそうな気がしたからだ。もし入ってきたら、どうしよう。同じテーブルについて、じっくりと話がしてみたい、と思う。でも、女を連れていたら、そんなことはできない。そんなことを彼がするだろうか。たまたま、この店で会って、たまたま隣に座っただけかもしれない。

客はそのあと、四人増えた。ジュークボックスは、次々に音楽を絞り出して、店内の曇った空気をますます脂っこくしていった。

僕は、パイを全部食べられなかった。不味かったわけではない。そのことは、ちゃんと笹倉に説明した。

3

「もう帰ろうか?」笹倉が言った。なんだろう、洗濯物の皺を伸ばすときみたいな顔だった。

「いいよ、どっちでも」僕は答える。時刻はまだ二十時。

「明日があるからな」

「いつだって、明日はあるさ」

笹倉が立ち上がり、ズボンの後ろから財布を取り出した。お金を彼が支払った。僕は、金額を聞いていて、その半分をポケットから出した。店から出たところで彼に手渡す。彼は黙って受け取って、それを胸のポケットに入れようとした。ところが、そこにポケットがなかった。

「ああ、そうか」笹倉は僕を指さす。

ジャンパを僕が着ていたからだ。

彼は、僕の着ているジャンパのポケットにお金を入れた。

「お願いがある」僕は言った。

「何？」笹倉がきょとんとした顔で振り返る。こういう無防備な彼が、僕は大好きだ。

「帰りは運転させて」

笹倉は舌を鳴らして、難しい顔になる。予想どおり。

「ゆっくり走るから」

「俺を乗せて？」

「うん、まあ、そりゃ、必然的にそうなるかな」

「堪《たま》らんなあ」彼は勢い良く息を吐き出した。

でも、キーを僕の方へ放り投げた。僕はそれを片手で受け取って微笑んだ。珍しい。素直に嬉しくなった。ここまで来た甲斐《かい》があるというものだ。

一分ほど、笹倉の講義を受ける。これが、スロットル、ここがクラッチ、こいつでギアを変える、そして、これが誇り高きブレーキってやつ。

たったそれだけじゃないか。

メータなんて二つしかない。

僕はバイクに跨ってエンジンをかけた。セルモータが悲鳴を上げたあと、腹に響くような爆音が続いた。いつの間にか、店の入口に爺さんが立っていて、こちらを見ている。なんだか、笑っているように見えた。あの顔のまま天国へ行けたらラッキィかも。

笹倉が後ろのシートに乗る。

「行くよ」僕は後ろに声をかけた。

「ゆっくりやってくれ」

「摑まってろ」僕は叫んだ。

クラッチを離しつつ、スロットルを開ける。

バイクは滑り出した。

そのまま道に降りて、橋の方へ向かった。

ギアをなんとか二回切り換える。

僕は嬉しくなって叫んだ。奇声だったと思う。

笑っていたし、どんな言葉を叫んだのか、わからない。きっと言葉ではなかっただろう。

この程度の嬉々とした興奮状態は、空ではごく普通のことだ。コクピットの中でなら、大声で叫んだり笑ったりもできる。でも、地上では難しい。どうしてかな。初めてかもしれなかった。後ろに笹倉がいなかったら、もっと大声を出していただろう。コーヒーではなくてアルコールだったら、もっと笑ったかもしれない。そっちの方が良いとか悪いとかじゃなくて……。

躰に伝わる振動も、顔に当たる風圧も、最高に良いやつだった。さっきとは大違い。バイクの後ろに乗るなんて、もう絶対にお断りだ。

堤防を真っ直ぐに走り、途中で斜めに下りて、草原の道を巡航した。エンジンの音は途中で何度かリズムを変えたけれど、止まることはなかった。

地上にいると、後ろを見なくて良い。

誰も撃ってこない。

その代わり、前の道をじっと見ているんだ。

道がどちらへ向かうかを、ちゃんと見ていないと、草むらの中へ突っ込んでしまう。地上には、草むらがあるってことだ。そういう、邪魔なもので溢れている。

小さい頃に、これに似たゲームをしたな、と思い出した。そのゲームでは、道にもいろいろなものが落ちていて、踏んで良いものと、踏んではいけないものがあった。そういう危険物は、実際の道には滅多にない。

森の中を抜けていく。快調だ。躰がだいぶ冷えてきた。でも、基地はもうすぐそこ。後ろの笹倉は黙っている。きっと寒いだろう。エンジンが喧《やかま》しいから、話はできない。

道路になにか落ちていた。

「何だ、あれ？」僕は叫んだ。

しかし、エンジン音に掻き消されて、笹倉には聞こえなかっただろう。僕はブレーキをかけて、それを避けた。後輪が滑って、バランスを崩した。バイクは道路から外れて路肩を横断し、縁石に乗り上げる。速度はすっかり落ちていたけれど、タイヤがバウンドした。車体が傾き、支えられなくなる。僕は投げ出されて、草の中に突っ込んだ。あっという間に、それが起こった。本当に一瞬だ。考える間もない。飛行機だったら、墜ちていくのに時間がかかる。こんなに地面が近いんじゃあ、しかたがないってことか。

「おい！　大丈夫か？」笹倉が大声で叫んだ。

僕から三メートルくらいのところで、バイクの車輪が空回りしている。頭のすぐ横には雑草。躰はどこも痛くない。怪我はないみたいだ。夜の空が目の前に広がっていることに気づいて、それを眺めていたら、笹倉が顔を出した。

「クサナギ、大丈夫か？」

僕は彼を見て微笑んだ。あんまり血相を変えていたからだ。

「大丈夫、なんともないよ」

彼が差し出した手を摑み、僕は引っ張られて立ち上がった。まず、バイクを見た。ライトが雑草を白く照らし出している。エンジンは止まっていた。タイヤのカバーが変形している。それくらいしか被害はなさそうだった。

「まあまあ、良い転び方だった?」僕は言う。

笹倉は道路の方を見ていた。近くに明かりがないから、そちらの方がずっと暗い。

「そう、なにかあったんだ」僕もそちらへ歩いていった。

道路の真ん中に倒れているのは人間だった。

彼は駆け寄った。仰向けになって女が寝ている。

「誰? 生きている?」後ろから笹倉にきいた。

彼は女を抱き起こした。近づくとアルコールの匂いがした。小さく唸るように声がもれた。

「寝てるみたいだね」僕は言う。「良かった、轢《ひ》かなくて」

「変だな。どうして、こんなところに?」笹倉が呟くように言った。

4

僕は基地までバイクを押して歩いた。笹倉が女を立たせて、肩を貸して歩かせた。少なくとも、バイクを押すよりは大変みたいだった。事務棟の照明はもう消えている。合田がどこにいるのかわからない。静まり返っていた。大勢が出かけている様子だ。門番の男には、一応の事情を話した。医務室へ連れていくか、救急車を呼ぶか、という相談もした。しかし、医務室は遠い。女も、単に酔っているだけで、大丈夫そうに見える。僕たちは、彼女をつれて格納庫の方へ歩いた。

建物の手前にベンチがある。そこに女を座らせ、笹倉は奥へ水を取りにいった。僕はバイクを格納庫の中に入れてから戻った。

女は、もう寝ていない。ちゃんとベンチに座っていた。黒っぽいワンピースは膝の少し上の長さ。透けるような薄いカーディガンを羽織っている。長い髪は何色かわからないが、白っぽかった。僕が前に立つと、こちらを向いた。

「大丈夫？」僕はきく。

「うん」彼女は頷いた。「帰らなきゃ」

初めて聞いた彼女の声。風邪を引いているみたいな濁った声だった。

「どこへ？」

「みんなのとこ」彼女は速い溜息をつく。「でも、わからないよ。あぁ、帰れないね。どうしよう？」

「どうやって、ここまで来た？」

女が返事をするまえに、格納庫の横のドアが開いて、笹倉が出てきた。カップを持っている。

彼がそれを手渡すと、女は両手に持って口へ運んだ。

「ああ、ありがとう。おなかん中へ突き抜けてった」彼女は微笑んだ。「えっと、何時?」

「二十一時」笹倉が言う。

「二十一時?」

「あ、えっと九時」

「なんだ、まだそんな時間? もう朝かと思ったよ」

「朝だったら、死んでるよ」僕は言ってやる。「あんなところで寝てるなんて、どうかしてる。もう少しで轢きそうになった。わかってる?」

「あれ、あんた、女?」

僕は舌を鳴らして、彼女から離れた。少し離れて、ターンをして、今度正面に入ったら弾を撃ち込んでやろう、と考えた。

笹倉が僕の方へ寄ってくる。

「もういいよ」彼は囁《ささや》いた。「あとはなんとかするから」

僕は頷く。宿舎の方へ五歩くらい歩いてから、思い出して、立ち止まった。ジャンパを脱いで、笹倉に返しに戻った。彼の金も入っている。

「バイク、ごめん」僕は笹倉に言った。

「え？」彼は首を傾げる。

「どこか壊れてるかもしれない。だから、謝っとく。僕じゃ、直せないし。運転させてくれて、ありがとう」

「ああ」笹倉は白い歯を見せた。

「おーい」ベンチに座っていた女が声を上げる。「飲み直そうぜ！」

　僕は宿舎へ向かって歩いた。階段を上がり、自分の部屋まで戻る。途中で誰にも会わなかった。カーテンと窓を開けて、外を眺める。事務所の前も静かだった。

　シャワーを浴びる。熱い湯を頭からかぶると、きっと頭が暖まるからだろう、記憶が少しずつ溶け出す。あの店のジュークボックスの中が見えたし、カウンタの端に座っているティーチャも見えた。僕の目が見ていないものまで、きちんと記録されているんだな。

　バイクは楽しかった。あれで、雲の上まで行けたら最高だろう。でも、寒いと思う。ジャンパがあっても、やっぱり無理だと思う。

　それから、女の白い脚が思い浮かんだ。馬鹿な奴。僕は舌を打った。わざとらしい奴。アルコールが自分の血だと信じている。あれでも大人だ。大人の女だ。嫌らしい。汚らわしい大人だ。あんな奴と一緒にいると、吐き気がする。本当に、撃ち殺してやりたい。地獄へ墜としてやりたい。

でも、僕が撃つ飛行機には、ああいう人種は一人も乗っていない。みんな子供だ。みんなきっと良い奴なんだ。嫌らしくもなくて、汚らわしくもなくて。だからこそ、空まで上がってこられる。飛行機とともに墜ちていくことは、酔い潰《つぶ》れて地面で野垂れ死ぬよりも、ずっと名誉なことだ。きっと、そう……。全然違う。

母親のことを思い出した。

僕はそこで首をふる。

何度も。

それは駄目。

考えては駄目だ。

明日のことを考えよう。散香のことを。

その美しいボディラインを。上品な翼の反《そ》りを。

コクピットに座ったときの、あの懐かしい、静けさを。

飛びたい。

昔のことなど思い出したくない。

早く飛びたい、と思う。

地面にいると、嫌なことがいっぱい。

汚らわしいことが、多すぎる。

本当に……。

「そうでもないさ」独り言を呟いた。

楽しかったじゃないか。

笹倉はいい奴だ。バイクも面白かった。パイもまあまあ美味かったし。ティーチャと話ができるのも、ここ、地上だけだ。

僕は、空で生きているわけではない。

空の底に沈んでいる。

ここで生きているんだ。

逃げ出すことはできないし、逃げ出しても、結局はここへ戻ってくる。死んだ人間は、水に沈むか、土に埋もれるか、そのどちらか。空に浮いたままってことは、ない。天使じゃないんだから……。

バスルームから出て、ベッドに座って、煙草を探した。上着のポケットに箱があった。最後の一本だった。それに火をつける。窓ではカーテンが揺れていた。気持ちの良い夜風。そのカーテンの隙間を通り抜けるには、翼を立てて、ナイフ・エッジに入れないと無理だろう。外へ飛び出したら、中庭を斜めに見下ろしながらターン。そのまま上昇して事務棟の屋根の上でループに入る。一番高い位置でも、まだ速度は充分に残っているはず。反転すると見せかけて、そのまま保持。シートに背中が押しつけられる。腕も脚も、突っ張っていないと役に立たない。ぎりぎりまで降りてきて、軽く半ロール。エレベータをじわっと引く。前方に透明のコースが見えてくる。屋根と屋根の間へバンクをつけたまま突入。格納庫の前へ滑って出る。フラップをダウン。スロットルを切る。ラダーで傾ける。エルロンは逆へ。ほら、機首がそちらを向いた。ベンチの女だ。もう少し待て。射程に入る。撃つ。撃つ。撃つ。スロットル全開。すべての舵をニュートラルに。速度を回復したところで、フラップを戻す。上昇。反転。僕はベンチを窺った。何を見たかったのか？　女が血を流して倒れているところだろうか？　それとも、なにもかも消えてしまって、すっかり綺麗になった彼女のドレス？

窓の外で音がした。車が入ってきたようだ。

僕は立ち上がって、煙草をくわえたまま外を見にいった。事務棟の前で車は停まり、ヘッドライトを消す。運転席から出てきたのは、合田だった。どこかへ出かけていたのだろう。姿を見られないように、僕は少し下がってカーテンに隠れていた。でも、合田は振り返ることもなく、事務棟の中に入っていった。少しして、二階の彼のオフィスの照明が灯った。

もう笹倉はあの女を追っ払っただろうか。そうでないならば、合田に報告した方が良い。

僕は服を着て、部屋から出た。

髪がまだ濡れている。格納庫の方へ向かうと、ちょうど笹倉がこちらへ歩いてくるところだった。

「彼女は？」僕は尋ねる。

「ああ、もう帰ったよ」

「え？　どうやって」

「うん」笹倉は首を僅かに捻る。

「誰かが送っていった？」

「まあ、そんなところだ」

「誰が？」

「いいから、気にするなって」

「気になる」僕は言った。口にしてから、自分でも驚いた。どうしてそんなことが気になるのか、全然理由がわからない。「まあ、いいや」僕は溜息をついた。気持ちを押し込める。力いっぱい押し込めて、潰してしまいたい。「ゴーダが帰ってきたから、報告しようかと思ったんだけど」

「面倒だから、やめておいた方がいい」

「内緒にしていると、もっと面倒なことにならない？」

「大丈夫さ。あんなの日常茶飯事だよ」笹倉は乾いた咳をして笑った。「じゃあ、お休み」

彼は、事務棟の方へ向かっている。

「どこへ行くの?」僕は尋ねた。

「ああ、ちょっと、あちらの格納庫へ、部品を取りにいくんだ」

事務棟の向こう側にも沢山格納庫がある。整備工がそれだけの数いる、ということ。歩いていくには、けっこうな距離だ。そういうときこそバイクを使えば良いのに、と僕は思った。

5

次の日は、朝早くに目が覚めた。興奮している。それがよくわかった。顔を洗うときにも、滑走路の方へ目を向けるだけで胸が締めつけられる。時計を何度も見たし、飲むものも食べるものも、ほとんど受けつけない状態に近かった。それでも午前中はトレーニングをしたり、本を読んだりして、なんとかやり過ごした。お昼には、もう僕は飛行服を着ていた。滑走路が見えるベンチに出て、そこに座って待った。

十四時頃、ティーチャと薬田と辻間が飛び立った。偵察任務だった。辻間が僕の代わりということになる。僕が来るまえは、そもそも彼だったのだ。その三機の翠芽が見えなくなってから二十分ほどして、反対の方角から二機が飛来した。一機は散香、もう一機は、泉流《センリュウ》だった。僕は立ち上がって、青い散香を見ていた。滑走路に降りたときには、駆けだしていた。

　散香がさきに降りてきた。ブルーの真新しい塗装は、しかし、普通の散香と全然変わりはない。その一機は、笹倉の格納庫の方へタキシングした。僕はその横を追って走った。外見上の違いは、翼に機銃がないことだった。機首に新しい小さな膨らみがあって、そこから銃口が僅かに突き出している。格納庫の手前で向きを変えて、キャノピィが開く。パイロットが手を挙げた。

　もう一機の泉流が着陸する音が後方で聞こえたから、一度だけ振り返った。しかし、散香に早く触りたくて、僕はそちらへ近づいた。エンジンが停止して、しばらくしてプロペラが止まった。

「クサナギ、久しぶり」コクピットでヘルメットを外したのは、赤座《アカザ》だった。まえの基地で、半年ほど一緒だった男だ。

　笹倉がワイヤを引っ張りながら出てくる。すぐに格納庫の中へこれを引き入れるつもりだ。僕は念のために空を見た。誰かが、この最新鋭機を狙って爆弾でも落とさないか、と心配したからだった。しかし、この基地は、そういった危険地帯には位置していない。だからこそ、こうして堂々と最新型を飛ばしてきたのだ。ロケーションに恵まれている、という意味だ。

　赤座が降りてきた。僕の前に立つ。

「どう？」僕はきいた。早く話が聞きたい。

「うん。軽い。ロールが特に軽い。目が回る」

思わず笑みがこぼれる。

「それから？」

「うーん、他は同じだ。後ろが見やすくなった」彼は後ろを振り向いた。「キャノピィが、ほら、膨らんでいるだろう？」

「あ、本当だ」僕も気づいた。「よくあんな形に成形できたもんだ」

「高そうな部品だな」

「エンジンは？」

「そうそう」赤座は少し難しい顔になる。「こいつは、ちょっとどうかと思う」

「どうして？」

「うん、息をつくんだ」

「どれくらいで？」

「わからない。負荷によっても違うが、六千あたり。たぶん、一段めから二段めの間だと思う。吸気の経路を切り換える。その設定の問題だと思うな。そこら辺は、君のデータを採って、これから改良ってことになるだろうね。とにかく、気をつけた方がいい。もたつくことがあるから」

「止まらなきゃ大丈夫さ」

「まあな。ササクラにも相談した方が良い」

「わかった。他には？」

「うーん。あとは、一度飛べばわかることだよ。ラダーは右の方が若干軽い。フラップは半分でも充分に効く。あとの半分はスポイラだと思った方が近い。まあ、とにかく、軽いんだ」

「うん、早く乗ってみたい」僕は頷いた。「機銃は？」

「いや、俺は撃ったことがない」赤座は首を曲げて骨を鳴らした。「弾道が見にくいかもな」

　機銃が主翼から胴体へ移動したことで、大幅な軽量化が実現した。そのことで、主翼の厚さも二十ミリほど薄くなっている。一番の効果は、重量物を両側に持っているよりも、中心に集めた方が速く回転できるという点だった。エルロンを切って、機体を左右へ傾けるときの回転モーメントが圧倒的に小さくなっている。これは戦闘機にとってこの上ない利点といえるものだ。特に、散香のような軽量戦闘機には最も重要なスペックと考えられている。

「フラップを使ったときは、ほとんどもう失速しないと思った方がいい」赤座は言った。

「それくらい効く。その代わり、フラップを上げたら、失速は早い」

「翼が薄いから？」僕はきいた。

「たぶん」

「それはいいな」僕は微笑まずにはいられない。

「それは、人によるな。ストールが好きな奴、嫌いな奴」

「僕は大好きだ」

「うん、お前くらい好きな奴は、あまりいないだろう」

「だから選ばれたのかな？」

「さあね」赤座は笑った。「そんなことまで、内申書に書かれているものか。誰が申告しているんだ？」

散香は格納庫の方へウィンチで引き込まれつつあった。笹倉ともう一人整備工がその作業に当たっている。滑走路からは泉流が近づいてきた。無尾翼の偵察機で、タンデムで二人乗りの機体だ。つまり、赤座がこれに乗って帰還するというわけである。

「今は、どこにいるの？」僕は赤座に尋ねた。

「秘密」彼は答える。「つまり、そういうところ」

たぶん、開発部のテストパイロットをしているのだろう。場所は公開されていないし、常に移動している、と噂される部署だ。

合田がやってきた。

赤座は、そちらへ歩いていき、敬礼をする。それから、持っていた封筒を彼に手渡した。僕は、格納庫へ行き、ブルーの機体に触れた。

早くコクピットに乗り込みたかったけれど、笹倉たちが機体を動かしている最中なので、そうもいかない。僕は、散香に手を触れながら、一緒にゆっくりと横を歩いた。

6

格納庫の中。天井は薄暗い。

僕は散香のコクピットの中に座っている。少し暗かったけれど、マニュアルを読んだ。ほとんどがまえと同じなのに、いちいちスイッチやメータを見て、そしてレバーに手を置いて確かめた。機体の下では、スポットライトを当てて、整備をしているようだった。レーダと武器の関係らしい。笹倉の声が何度か聞こえた。何人かいるようだったけれど、僕は一度も顔を出していない。もう、僕がここにいることを、みんなが忘れてしまっただろう。外はすっかり暗くなっている。一時間くらいまえに、ティーチャたちが帰ってくる音が聞こえた。でも、ティーチャの機体は今日はここへは来ない。散香が入った関係で、別のところへ移ったのだ。なんだか少し無礼な気もするけれど、合田の指示なので僕の責任ではない。

ティーチャ以外のパイロットが何人か、散香を見にきた。その声も聞こえた。「小さいな」というのが共通の感想だった。だけど、コクピットを覗く奴は誰もいなかった。近くにリフトはなかったし、翼の上に乗ることが許されているのは、機体専属の整備工とパイロットの二人だけだからだ。

いつ飛べるだろう。

いつだっていい。

たった今からだって。

夜だってかまわない。テスト飛行をさせてほしい。

明日だろうか。きっと明日だ。

早く飛びたい。

シートに深く躰を沈めて、ラダーペダルを避け、前の方に脚を伸ばした。散香のシートは普通の機体よりもやや寝ている。だから、ほとんどこのままでベッドの代わりになるだろう。今夜はここで眠ろうか、と僕は考えた。良いアイデアだ。

「クサナギ」突然の声。

僕は目を開ける。目の前に笹倉の顔があった。

「すまないが、ちょっと降りてもらえないかな」彼は言った。医者がつけているような小さなライトが目の上にあった。もちろん今は光っていない。

「了解」僕は起き上がる。

「メータとリンケージのチェックをする。希望は？　できるだけ、軽め？」

「そう。目一杯」僕は答える。

「トリム・ポジションも合わせておく。いつもの設定でいいな？」

「うん。最近、成長していないから」

「飯は？　食ってきたら？」笹倉は言った。

そんな時間なのだ。

「そうだね」

「食べ終わった頃には、終わっているよ。ここで寝たかったら、毛布を持ってくるといい」

どうして僕の気持ちがわかったのだろう、と考えながらコクピットから出る。笹倉は一度、翼から降りた。他に三人の整備工が下から僕を見上げていた。反対側にもまだ何人かいるみたいだ。こんなに大勢が集まっていたのだ。これじゃあ、ベッドというより、手術台だ。安眠には向かないかもしれない。

後ろへ回ると、カウリングが外されていた。剝き出しになったエンジンを僕は見上げる。優雅な曲線のアルミ。チョコレートの型みたいな形。甘い形状だった。

「凄い」笹倉が横で言った。僕が見ると、にやりと笑う。機嫌が良さそうだ。「バルブを増やして、面積をかせいでいる。吸気の経路は、もうマジックだ。どうやってこんなのを作ったんだか。図面を描いた奴は天才だな」

「図面なんか描かなかったんだよ、きっと」僕は言ってやった。

こんな複雑な形を紙の上に描けるはずがない。人間の顔の図面を描けないのと同じだ。

格納庫を出て、食堂の方へ歩いた。珍しく空腹感を覚えた。このところ、ずっとあまり食べていない。躰がどんどん軽くなっている気がする。

「一度くらい、ちゃんと全部食べてみせて」食堂の老婆が笑いながら言った。「なんかさ、これならば食べられるって、好きなものはないの?」

「いえ、どれも美味《おい》しいです。もともと、あまり食べられないんですよ」僕は答えた。

でも、このときは、スープは全部飲んだし、サラダも八割方食べた。メインディッシュが三分の一くらいだったと思う。食堂は空いていて、もうほとんどは食事を済ませたあとのようだったけれど、僕が食べ終わった頃に、薬田と辻間が入ってきた。少し遅れて、ティーチャも現れた。偵察任務の報告を、今までしていたのだろう。

ティーチャは、老婆がカウンタに出した容器をトレィにのせ、黙って奥のテーブルへ行く。薬田と辻間は、僕の向かい側の席に並んで座った。

「珍しい」薬田が座りながらにやりと微笑んだ。僕が食堂にいることが珍しい、という意味だろう。「新しい飛行機は?」

「来たよ」僕は答える。このときには僕は煙草を吸っていた。

「あとで、見せてもらいにいくよ」辻間が言う。メガネの中の目が充血している。疲れているようだった。

「今日は、どうだった？」僕はきいた。

「いや、なにもない」薬田が首をふる。「でも……」

辻間が、薬田の顔を見た。薬田は、その眼差しを受け止めて、黙ってしまった。なにかを言わないことに決めたようだ。少し嫌な感じだった。けれど、それくらいのことは、個人の自由だ。僕は視線を落として、コーヒーカップを見つめる。まだ半分以上残っていた。煙に目を細め、奥のテーブルを窺う。ティーチャはこちらを見ていなかった。窓ガラスに映った彼も確かめたけれど、同じ。

「ここは、どう？　慣れたか？」薬田がきいた。

「え？」僕は顔を上げる。変な質問だと思った。ここへ来てもう一カ月以上経っているのだ。「いや、べつになんとも」僕は少しだけおどけて首をふった。「ササクラが一緒だし、特にまえと変化はないよ。おまけに今日からは、飛行機もまえと同じだし」

「ずいぶん軽いらしいな」辻間が口を斜めにして言った。喉の奥で声を作っている感じのしゃべり方だ。それがインテリらしいって考えているのだろう。「パイロットも、体重制限があるって？」

「まさか」僕は鼻から息をもらす。

「しかし、俺たちも、いずれはあれになるんだろう?」薬田が声を落として言う。どうして声を落としたのかわからなかった。ティーチャに対して気を使ったのだろうか。

「そんなの、あるわけない」辻間が首をふった。「猛反対に遭うだけだね」

薬田が「あれ」と言ったのは、もちろん散香のことだ。つまり、戦闘機が散香のようなプッシャ・タイプ、エンジンを後方に搭載して最後尾でプロペラを回す飛行機になる、という意味だ。これは、理屈としては正しい。合理的な考えに基づいて、数値で計算をすれば、飛行機はこの形になる。しかし一方では、伝統的な形態が、そんなに簡単に消えてなくなるとも思えない。現在の形式の飛行機に、ほとんどのパイロットは慣れ親しんでいる。だから、辻間が言うように、強い反対に遭うことは明らかだ。ティーチャだって、たしか同じようなことを話していた。軽いことは、逃げるには良いが、襲う側からすればメリットはない、というような理屈だったと思う。

僕は、散香の方が飛びやすい。それは、僕が最初から散香に乗っていたからであって、トラクタ・タイプのフライト経験がほんの一カ月しかない、という不公平な条件に由来しているかもしれなかった。だから正直なところ、どちらが優れているのか、よくわからない。笹倉も、これに対してはなんの考えもないようだった。彼はエンジンさえ思いどおりに回れば、それで満足なのかもしれない。

「そう、話は違うけれど……」薬田がフォークを持ったまま話した。「昨日さ、フーコに会ったんだって？」

「フーコ？　誰、それ」僕はきき返す。「知らない」

「髪が長くて、色の白い女」辻間が言った。目が少し笑っているように見えた。

「ああ……、あの女か」僕は頷いた。「名前なんか聞いてないから。そう、ここの前で、轢き殺しそうになったんだ。危ないところだった。おかげで、ササクラのバイクを凹《へこ》ませちゃって。いい迷惑だよ。酔っ払って、道路で寝ていたんだぜ」僕はまくし立てた。

「ああ」薬田は少し驚いた顔。しかし慌てて微笑み、遅れて頷いた。「そうそう、そういう奴だ、うん」

「誰なの、あいつ」僕はきいた。

「遊び仲間だよ」

「どうやって、ここへ来た？　どうやって帰った？」昨晩もそれが疑問だった。

「来たときは、みんなで車で来て、それで、帰るとき、置いてきぼりになったみたいだな。みんな酔っ払っていたから」

「よくわからないけれど、まあ、いいや」僕は簡単に頷く。

基地の中のどこかで飲んだ、ということだろうか。そういう場所がきっとあるのだろう。もちろん、ルール違反だが、それくらいのことは、どこでもやっている。

辻間も、ガムを口に入れたままみたいな非対称の顔で笑っている。真面目な奴だと思ったけれど、そうでもなさそうだ。人間っていうのは、なかなか第一印象のとおりとはいかないものだ。そこが人形と違うところ、ともいえる。それくらいしか、違いはないのだけれど。

僕はトレィをカウンタに返しにいった。老婆が出てきて、僕の容器を見て溜息をついた。

「ごちそうさま」僕は微笑んだ。「これくらいが精一杯。だから、今度から、少なめにしてもらえないかな」

「でも、規則だからね」彼女は顔をしかめる。

食事の量は個別に測定されて、記録されているのだ。食べなくても文句を言われることはないけれど、健康診断のときに、必ず指摘される。どうして、こんな馬鹿なことに情熱を燃やしているのか、会社の方針が僕にはわからない。もっと他に計る意味のあるものがあるだろう。たとえば、煙草の本数とか、アルコールの量とか、それから、睡眠時間とか。もちろん、そんなものまで計られたら、本当に逃げ出したくなるだろうな。今のところは、緩やかな管理というやつで、とりあえず、逃げ出したいほどではない。一応の管理はしています、という姿勢を示すだけの作戦かもしれない。

部屋に戻ってシャワーを浴びて、自分を焦《じ》らすつもりで、髪が乾くまで窓際で本を読んだ。それから、毛布を持って、部屋を出る。僕は格納庫へ向かった。

明かりがまだ灯っている。ドアを開けると、笹倉がリフトの上に乗っていた。カウリングはまだ外されたまま。チョコレート型のエンジンが剝き出し。

他には誰もいないようだった。静かだ。音楽は鳴っていない。僕に気づいて、彼は振り返った。

僕は彼のところまで歩いていって、黙って見上げた。

「本当にここで寝る気か？」笹倉がきいた。

「邪魔？」

「いや、もう、コクピットは終わった。でも、煩《うるさ》いと思う。組み立てるのに、まだ二時間や三時間はかかるし」

「いいよ。がちゃがちゃいうの、全然気にならない」

笹倉は、リフトに腰を下ろした。胸のポケットのボタンを開けて、煙草を出す。

「あれ？　大丈夫？」僕はきいた。この場所は禁煙だからだ。

「ああ、大丈夫。俺が言うんだから間違いない」

「じゃあ、僕も吸おう」

笹倉が煙草に火をつけ、同じライタで、僕も火をもらった。

「新しい飛行機って、どうして、こんなに嬉しいんだろう？」煙を吐きながら僕は言う。

「乗らない俺が嬉しいんだから、そりゃ、もっともっと嬉しいだろうな」

「こいつで、最後になるかもしれないのにね」

「縁起悪いことは言わない方がいい」

「そう?」僕は首を傾げる。「逆じゃないかな? 縁起の悪いことを言った方が、厄払いになるって」

「そういう奴もいるけど」

「どっちが本当だろうね?」

「さあね。どっちも、同じくらい死んでるんじゃないかな」

僕はエンジンルームを見上げた。スポットライトが二機、アルミのエンジンと赤いフレームを輝かせている。

「ラジエータも変えてきた」笹倉がそちらを見上げて言った。「ちゃんとやるべきことはやっている。大したもんだ。だけど、最初からこれができないってのが、やっぱり人間ってやつだよな」

「そりゃあ、みんな人間だから」

「うん。実際に飛ばしてみなけりゃわからない。長い時間、使ってみなけりゃわからない。負荷がかかって、熱や振動が伝わって、どこかが予想外に変形して、初めてわかることがある」笹倉は煙を吐く。「この新しい吸気切換えも、高いところまで上がったとき、どうかなってこと……。もちろん、試験はしているだろうけどさ、負荷のかかり方は条件によって無数にある」

「早く試してみたいな」

煙草が短くなった頃、笹倉が水の入ったバケツを持ってきた。二人とも煙草をそこに投げ入れた。

「おやすみ」僕はそういうと、主翼の上に乗り、コクピットの中に入った。ロックはしなかったけれど、一応キャノピィも閉めた。

それから、シートで毛布にくるまって横を向いた。

冷たい金属に囲まれて、僕は幸せだと感じる。

とても落ち着く。

少しだけ空を飛んでいるような気持ちになれた。

操縦桿が自動的に動いているみたいに。

左右に揺れて。

生まれたときも、きっと、こんな感じだっただろう。

ときどき、小さな振動と、金属が触れ合う音。

笹倉が作業をしているのだ。それは、小鳥のさえずりのように微笑ましかった。なるほど、飛行機がもう駄目になって、墜ちていくだけになったら、こうして眠ってしまうのが一番良いかもしれない。

ゆりかごみたいに、
きっと、
素敵に神様が揺らしてくれるだろう。

7

翌日は飛ぶ命令が出なかった。

その代わり、大掛かりなプロジェクトが実施されることになった、という噂が午前中に広がって、夕方にはパイロットたちが全員、会議室に集められた。僕はこの部屋は初めてだった。基地のパイロットは全部で十四人だということがわかった。合田と、もう一人別に指揮官が説明をした。鬚《ひげ》を生やした長身の男で、名前は毛利《もーり》という。

明日の朝、飛行可能な戦闘機をすべて出撃させる、という話だ。会議室内はしんと静まり返っていて、いつもと雰囲気が明らかに違っていた。それは上司の表情からもわかるし、スクリーンに映し出された地図やフォーメーションの図にも表れていた。かなり大規模な作戦のようだ。そういえば、ティーチャや薬田たちが昨日、偵察に向かっていた。なにか関係があったのだろう。僕は、笹倉から聞いたのだが、噂が事前に聞こえてきたのは、その辺りが発信源にちがいない。

こういった大きなプロジェクトは、まえの基地では二回経験している。大きくなるほど、どうしたって多くの被害が出る。お互いに、相手に被害を与えるためにぶつかり合うのだから、当然だろう。二十機と二十機がぶつかれば、少なくとも十機は墜ちることになる。そういう計算ならば、とっくにされているはず。パイロットそれぞれにも、計算に代入する確率係数があって、それを掛け合わせ、足し合わせ、何機が戻ってくるのか、何機が失われるのかを、ちゃんと予測済みなのだ。

だけど、これは仕事。僕は、何一つ不満はない。大好きな飛行機に乗れるだけで充分に元は取れている、といつも考えている。

僕が相手を撃ち墜とすのは、一つめには、自分が墜ちないため、二つめには、明日も飛ぶため、三つめには、それが僕の仕事で、他にはろくに稼ぐ道を知らないからだ。単純じゃないか。みんな、きっと同じだろう。

全体説明のあと、三つのチームに分かれて、別々のミーティングになった。僕はティーチャと同じチームで、他に薬田、辻間がいる。いつものメンバだ。無線が使えない場合に、信号灯などで送るコードを決めておくことになる。その表がコピィして配られた。結局は、逃げろか戦えの二つの選択肢しかないわけだから、どうしてこんなに複雑になるのか理解できない。でも、大勢になるほど、組み合わせが増えるのはしかたがないところか。

変更がなければ、明日の朝の七時に飛び立つ。僕たちのチームが先発だった。ミーティングが終わって部屋から出ようとしたとき、通路に合田が待っていた。

「翠芽にするか？　それとも散香？」彼は僕に尋ねた。

「もちろん、散香です」僕は即答する。

「わかった。最適の健闘を」

部屋へ戻ると、予定が変更になって、時刻が早くなる可能性が高い、という連絡が届いた。暗いうちから飛び立つことになるかもしれない。

念のために、格納庫へ向かった。他のパイロットもそれぞれの飛行機を見にいっただろう。

笹倉は、僕の散香の前部のカバーを外して、機銃の点検をしているところだった。僕の顔を一瞥したけれど、なにも言わなかった。とても難しい顔をしている。忙しそうだ。声をかけにくかった。もちろん、今夜はここで寝るなんてとても言いだせない。

二十分ほど、ぼんやりと僕はそこに立っていた。笹倉が一度僕の前に立って、「何をしている？」と冷たい口調できいただけだ。それ以外に、言葉はなかった。僕にも、言葉はない。僕自身が今ここで何をしているのか、わからないのだから答えようがない。

ただ、しばらくの間、散香を見ていたかった。

外側から見られる機会はあまりない。

二度とないかもしれない。

僕は、明日の朝には、こいつの中身になって、

そして、

そのままもう出られないかもしれないのだ。

でも、不安はない。

むしろ、楽しみだ。

なんとなく踏ん切りがついたので、部屋へ戻って、シャワーを浴びて、煙草を吸って、お茶を飲みながら、窓辺で本を読んだ。二ページほど進んだところで、眠くなったから、ベッドに入る。

手の指を、開いたり、握ったり、動かす。

操縦桿を握る手だ。

目を瞑ると、遠くで旋回する敵機が見えた。魚が泳ぐように、躰をくねらせて、方向を変えようとする。僕は自分の躰を傾けて、そちらへ向かっていった。相手がやってくるその先へ、ぶつかるように突っ込んでいく。

躰が加速を覚えている。

目が軌跡を辿《たど》っている。

指が瞬間を知っている。

腕は離反を待っている。

一撃。
離脱。
僕の心臓は、僕が撃つ間だけ、待ってくれる。
息を止めて、一瞬の死が、弾を解き放つ。
そして、踊る。
跳ぶ。
舞う。
翻る。
加速の限界で、回生の息を戻し、
生命を蘇らせ、瞬時に振り返って、
次の煙を見る。
そのまた次の炎を確かめる。
どこまでも、上っていき。
どこまでも。
遠いところへ。
撃たれた奴だって、同じこと。
みんな、どこまでも、上っていくんだ。

みんな、踊っている。
違いは、なにもない。
周りには、空気しかない。
なにもない。
命も、死も。
炎が逃げていくか、
炎が追いかけてくるか、
それだけの違いなのだ。

8

夢のとおりになった。

離陸したのは六時。もう太陽が出ていた。

十四機が南へ向かって飛び、途中で二回合流して六十機ほどの大群になった。

海の上だ。相手はすべて空母から上がってくる。爆撃機はいない。攻撃機もいない。戦闘機だけ。会員制のダンスパーティみたいなもの。

無線は使用可になった。これくらいになると、隠れられるものじゃない。相手が何機なのか、何度も修正されたから、忘れてしまった。

東と西の二手に分かれ、西のチームになり、次に上と下の二手に分かれ、僕たちは上になった。もちろん、相手も、分かれてくるだろう。

散香は軽い。

快調だった。すぐに僕の躰と同化した。

エンジンは確かに一瞬息をつく。そのとき、スロットルを少し下げてやらなければならない。それくらいの愛情は、どんなパイロットにだってある。冷淡なメカニックの連中にはわからないらしい。

操縦桿を倒すと、くるくるとどこまでも回りそうなくらいロールが軽やかだった。しかも、止まりも速い。エレベータは途中からぐんと効いてくる。これはプッシャの特徴だ。

いずれにしても、とても懐かしい。周りは全部翠芽だったから、僕だけが静かにひらひらと飛んでいる感じがした。彼らよりも遠くへ行けるし、ずっと長く飛んでいられるはず。みんなが帰るときになっても、僕だけはまだ遊んでいられるってこと。それだけでうきうきする。

キャノピィの膨らみも、思った以上に良い感じだ。後ろを振り返ったとき全然違う。後方のスピンナが見えるなんて信じられない。飛行機って、左右や上下は、すぐにどちらへでも機体を傾けることができるけれど、即座に後ろを向くことは無理だ。だからこそ、みんな相手の後ろにつきたがるわけだ。

後方に向けて発射できる機銃をつけたら良いのに、という話をしていた奴がいるけれど、普通後ろは見えない。見えないのに撃ったって当たらない。それが、今はほとんど死角がないといっても良いくらい。素晴らしい。

予想どおりのポイントで相手が現れた。

まるで約束していたみたいだ。学校の朝礼だって、こんなにきちんと揃わないだろう。

「最初だけ、A3で突っ込む」無線でティーチャが言った。「あとはB5だ。味方を撃つなよ」

特にどうってことはない。A3は隊形のことで、一列になるだけ。B5というのは最後のコードで、勝手にやれ、つまり自由行動って意味だった。

高度をじわじわと上げながら、僕たち四機は一列になる。僕が一番最後だ。

近づいてきた。

躰が緊張で震える。

さあ、踊ろう！

ティーチャが翼を立てて降りていく。

薬田、そして辻間もバンクに入る。

僕も左へ倒れた。

滑らかに降りていく。

空気の摩擦を感じる。

近くの敵は六機。二機はやや下にいて、双胴だった。あとの四機が翠芽に似たタイプでガル翼。艦上戦闘機らしい形で、色は緑。たしかに、翠芽に似ているから、間違えて撃たないように気をつけないといけない。その点、僕の散香だけは、どれとも似ていない。安心して飛び回れそうだ。

相手の四機も一列になってバンクに入った。鞭《むち》を打ち合うように、両者がぶつかり合うポイントで、一気に全機が散る。

僕は思い切って下がった。重い飛行機は上がりたがる。だから、そっちはティーチャに任せて、下の二機をさきに襲おうと考えたのだ。

もちろん相手もすぐに気づいて、双胴の二機は左右に分かれた。一瞬だけ動きが遅れた方を、僕は追う。

メータをチェック。

安全装置を解除。

後ろを振り返る。もう一機は、後ろへ回り込もうとしている。まだまだ大丈夫。

反転。一度フェイントをかける。

相手が右へ切った。

その瞬間に素早く逆へロールして、エレベータを引く。
即座に急旋回に入り、相手に接近。
射程。
撃つ。
駄目、速すぎた。
後ろから来る。
ダウン。
すぐに左へ回り込む。フラップを下げる。
もの凄いブレーキ。
本当に失速しない。
ずっと高いところで煙が見えた。
後ろを見る。
スロットルを押し上げ、上昇。
翼を振って、周囲を確かめた。
左から来る。
スロットル・ダウン。
すぐにアップ。トルクで右へ倒れ込む。

もう一機は?
下だ。
撃ってきた。全然遠い。
だいたい相手の腕がわかった。
下の一機の軌跡を見る。
再び上昇。そしてそのまま軽くバンクに入る。
アップを引いて、だんだん半径を小さくしていった。
後ろへ回り込んだ。
上を見る。誰も来ない。
前の一機は左右に蛇行。
こちらは優雅にカーブを描いて追いかける。
反転して下を見た。上ってくる一機。
前の機体にようやく追いつく。
アップを引いて、上昇しようとしている。ループに入るつもりだ。
その前に撃った。相手の尾翼が吹っ飛んだ。
すぐに離脱。
左へ倒れて、ターン。

下から来る。右へスライドしてかわす。

撃つ。

すぐ横を通り過ぎていった。翼が当たりそうだった。

旋回に入れて、後方を確認。

そいつが機首から炎を噴き出しているのが見えた。

上昇。エンジンはますます回ってきた。まだ慣らしが充分に済んでないのかもしれない。

油圧、油温、油面、すべて正常。

増槽はまだ捨ててない。余裕だ。

尾翼がちぎれたもう一機は、ずいぶん下を飛んでいた。上がってこないだろう。放っておこう。

斜め上から、猛烈なスピードで一機突っ込んでくる。しかし、煙を吐いていた。真っ直ぐだ。コントロールはされていない。回り込んで、確認する。敵機だった。

上はもう終わっただろうか。

二機が見えた。どちらなのか、確認できない。

念のため背面に入れて、下方を見る。

後方下に数機。こちらへ来る。

反転して戻し、気づいていない振りをすることにする。

どうしよう。

考える。どちらへ逃げるか。

上にいるのは、敵と味方が一機ずつらしい。

よくわからないが、ティーチャじゃない。

もう一度、後ろを見た。

数を数える。六機いる。全部、敵か。

雲はずっと下だ。

左手が、スロットルを少し押した。逃げたいらしい。

全部はこちらへこない。きっと分かれるだろう。

ぎりぎりまで我慢しよう。

右前方のほぼ同じ高度に、二機見えた。

そこでもダンスを踊っている。

反転して、真下を見た。

海面はまったく見えない。

雲の上に、幾つか、黒い煙が細く見えるだけ。

既に何機かは海へ墜ちたはず。

後方の三機は太陽の方へ回り込んだ。他へ行くようだ。

あとの三機が、僕より少し上を狙って突っ込んでくる。
しかたがない。
スロットルをハイ。
エレベータ・アップ。
機体は背面のまま急降下に入る。
躰を突っ張って、後ろを見る。
ついてくる。
二機か。
一機は左へ回った。
追いつけるか。
距離はまだ三百以上ある。
増槽を捨てる準備をした。まだまだ。
限界スピードに近づいた。
機体が振動する。
僕は息を止め、頭を下げて、力を入れる。
操縦桿を押した。
逆ループに入る。

躰が持ち上がって、苦しくなる。
飛行機が真上を向いたところで、エルロンを倒す。
フラップを半分下げる。
周囲を確認。後方の一機がまだ離れない。
もう一機は右へ。
もう一機は上から来るのか。
見物する気だろうか。
仲間を撃たないように離れているつもりか。
スロットル・ダウン。
サイド・スリップして、機首を横へ向けた。
速度が落ちる。
もうすぐ失速。
みるみる後方から、近づいてきた。
スロットル・ハイ。
スナップをかけたように、翼が左へ振られる。
撃ってきた。
ほら、スピードが速すぎたんだ。こちらを向けない。

上からも来た。完全にずれている。
右へかわして、やり過ごす。
見物の一機を睨みつつ、僕はターンをする。
あいつをさきに墜とそうか。
一機が、ターンでもたついていた。
そちらへ行くと見せかけて、反対へ機体を倒す。
上の一機がもう、こちらを向いていた。かなり速い。
ストール・ターンを見せてやるには、ちょっとやばい。
まだ増槽を持っている。
これって、意地か?
燃料計をチェック。
他の三機はどこへ行った?
周囲をぐるぐる見回した。
上から近づいてくる。
もうここまでだ。
待ってろ。
今、見せてやる。

「飛んでるか？」薬田の声が無線から聞こえた。
どこにいるのだろう？
フル・フラップ。
スロットルをハーフ・ハイ。
さあ、来い。見せてやろう、ストール・ターンを。
上から近づいてくる。もう射程に入るか。
アップ。
上昇すると見せかけて、スロットルをダウン。
僕は自然に首を竦《すく》めている。そんなことしたって同じなのに。
もたついていたもう一機も、バンクに入れてこちらへ来る。
あっちがさきか。
失速する。
フル・スロットル。
足でラダーを突っ張る。
機首が横へ倒れて、くるりと下を向いた。
上からの奴が撃ったみたいだけれど、弾道は高い。
かいくぐって、一気に落ちていく。

もう舵が戻った。
凄い！
フラップを戻す。
バンクに入れて、急旋回。
来た。
ほら、驚いている。相手は撃てなかった。
僕は、瞬《またた》くくらい短く撃つ。
吸い込まれる弾道。
エルロンを反対に切って離脱。
爆発する音が聞こえた。
僕の上で、もう一機が旋回中。
さらに一機が、その上にいる。
見てろよ。そこまで上がっていってやる。
増槽を切り離した。
フル・スロットル。
途中で一度背面。
墜ちていく一機が見えた。オレンジ色の炎が綺麗。

また反転。

見物していた一機が、翼を立てるのが見えた。

ようやく踊る気になったか。

来い!

一度エレベータを引いて、ループに入れると見せかける。

後ろの奴は、びびって横へターンした。

僕は、そのまま真っ直ぐに上がっていく。

増槽を捨てたおかげで軽い。

くるくると回りながら、周囲を見回した。上空の遠いところに何機か見える。西に離れたところでは、雲が黒くなっていた。

近くには二機しかいない。

「ブーメラン、いるか?」また薬田の声。

ブーメランというのは、僕のコードネーム。ここが見えないところにいるってことだ。

「誰も助けにきちゃくれない」僕は歌の文句のように呟いた。

無線のマイクは切ってある。

少しは心配させてやろう。

同じ手は使えない。

今度は、旋回半径を見せてやろう。

さっきまで見物していた奴が、既にバンクに入っていた。

僕の後ろにつこうとしている。いやんなるくらい正攻法。

もう一機は、上ってくる途中。疲れているかも。

こちらもバンクに入れる。

上に相手が見えた。

フラップをじわじわと下げていく。

あまり下げると速度が殺される。

遠心力で、躰がシートに押しつけられた。

もう一機もやっと上がってきた。邪魔だな。

一度上へ向けて、それから、機首を横へ倒す。

しかし、すぐにカーブに戻る。

一機は、左へ逸《そ》れていく。フェイントにひっかかった。

仲間が墜とされたから、慎重になっているのだろう。

それとも、この散香が、普通じゃないって気づいたか。

左右に機体を傾けて、周囲を眺める。

誰も来ない。

メータを確認。油温が少し上がっていた。
もう少しの辛抱。
スロットル・レバーを押す。
エレベータを引く。
ますます、加速度がかかる。
息ができなくなった。
歯を食いしばってさらにエレベータを引く。
小さなループを描いて、カーブの中心へ僕は入っていく。
ショートカット。
相手は気づいて、離脱する。
左へ逃げた。
遅い。
ラダーでそちらへスリップ。
射程に入った。
撃つ。
主翼だ。
スロットル・ダウン。

そのまま機首を上へ向けて、ストールに入れる。

もう一機が来る。

撃ってきた。

こいつも鈍い。

僕のスロットル・ダウンを見ていない。

左へ倒れて、僕は機首を下へ向けた。

エルロンがすぐに戻る。

反転して、さっきの奴を確認。

回転しながら墜ちていく。大きな雪の結晶みたいだ。当たったのは、舵のリンケージか。

キャノピィを開けて、脱出しようとしていた。

さあ、あと一機。

水平に戻して、そちらの動きを窺った。

深呼吸。

逃げるか、それとも、襲ってくるか。

ターンする。

来た。

よし、良い奴だ。

エンジンを吹き上げる。三段切換が心地良く響く。
馴染《なじ》んできた。
後ろを確認。
メータを読む。
高度は最初とほぼ同じ。
しばらく真っ直ぐ飛んで、場所を変える。誰かいるかもしれない、と思ったからだ。
方々に煙が見えた。点のように動いている飛行機。確認ができるのは数機だけ。
雲は下にしかない。
とにかく、ここは広い。
隠れる場所はない。
逃れる道もない。
撃たれるか、撃ち墜とすまでは、帰れない。
「おーい、どこだ?」薬田の声が聞こえた。
「上だ。上がってこい」ティーチャだ。
どこにいるのだろう?
後ろから追いついてきた。
操縦桿を倒して、旋回に入る。

相手はショートカットしてくる。
反対へ倒して、もう一度反対へ。
そして、さらにもう一度反対へ倒した。
この素早さは、真似ができないだろう。
アップを引いて、ループに入る。
息を止め、背面になったところで、反転。
すぐにダウン。
ダイブして、斜めに滑っていく。
上ってきた。
すれ違う寸前に、相手が撃つ。
ターン。
スナップで方向を変えるが、多少速度が残った。
空気が薄い。
相手のターンを読む。
反転。
スロットルを押し上げる。
さあ、これで最後だ。

緩やかにロールしながら、旋回した。
エルロン、ラダー、エレベータを小刻みに打った。
首は反対を向いている。
相手も馬鹿じゃない。もしかして、逃げるか?
反転して、アップ。
フラップを上げて速度を増す。
直線で加速した。
逃げる気だ。
上に出る。機首を押さえ込む。
右。
そして左。
一度は逆へ出て、もう一度右の内側へ飛び込む。
相手の腹が見えた。
向こうへ旋回していく。
死角に入る。
ダウン。
雲へ向けて急降下。すぐにアップ。

下から回り込んで、距離を合わせる。
来る。
正面に入った。
撃つ。
ラダーでスライド。
撃つ。
逆へエルロン。
ラダー・ニュートラル。
スロットル・アップ。
右へ倒して、相手を見る。
「やっほう！」僕は叫んだ。
当たっていた。
何機だ？
五機か。
散香だからだ。こいつは凄い飛行機だ。
水平に戻す。
周囲を見た。

方角を確認。

煙が上がっている方へ、機首を向ける。

「ブーメラン、どこにいる?」薬田だ。

「空だよ」僕はマイクを入れて答える。

「戻ってこい」ティーチャの冷静な声が聞こえた。

ぐるぐると巨大なバネみたいな黒い煙。

それが斜めになって、下の雲に突き刺さっている。

僕はしばらく背面で飛んで、それを眺めた。

雲の中から、二機が上がってくる。双胴の奴らだ。僕を見ているだろう。でも、あそこからでは追いつけない。

反転して眩しい空を見る。

上にはなにもない。太陽しかない。

ゆっくりと深呼吸。

落ち着け。

もう大丈夫。

誰も、お前を墜とせない。

少し寒かった。

なのに、汗をかいている。

毛布を持ってくれば良かった、と僕は思った。

9

双胴の二機は途中で引き返していった。追いかけてやろうか、と本当に迷ったけれど、もう五機も墜としたのだから充分だろう。散香の燃料はまだ余裕があったが、他の飛行機はそろそろ限界のはず。ほとんどの場所で、ファイトは終わっていた。みんなは、雲に近い、低いところに集まっていた。ティーチャの翠芽が見えた。薬田がすぐ近くにいる。僕は機体を寄せていった。薬田の機体は、尾翼に穴が開いていた。でも、大丈夫そうだ。辻間はいない。どこだろう？　近くには、あと十機くらいの翠芽がいる。

無線を使うな、というコードが出たばかりだったので、尋ねるわけにもいかない。個々のチームが、それぞれのメンバを確認しているようだった。

油圧は正常。油温も戻った。エンジンは絶好調だ。来るときよりもずっと静かになっている。でも、これは僕の耳が慣れたせいだろう。高度を維持して、北へ進路を取った。

太陽は高くなっている。時刻は八時少しまえ。

久しぶりに、なにかを食べたいと思った。チキンを焼いたやつがいい。そんなことを考える。

学校の文化祭のときに、チキンを焼いて食べた。近くの農場でもらってきた鶏を殺して、丸焼きにしたのだ。クラスメートは、ポールの周りで踊っていた。僕は踊るよりも食べる方が良かった。友達の手を握るよりも、フォークの方が好きだった。脂が滴り落ちて、オレンジの炎が音を立てて、皮が膨れ上がって、鶏はチキンになる。さっきまで生きていたものが、いつの間にか美味しそうな食べものになっていく様を、じっと観察していた。どこから、自分はそれを食べたいと思うか、知りたかった。

ダンスの音楽が聞こえて、ガスバーナの炎が、ときどき色を変える。オレンジになったり、ブルーになったり。良い匂いだった。香ばしい、食欲をそそる匂い。ソーダを大きなグラスに入れて飲んだ。無数の小さな泡。とても全部は飲めない。ぐるぐる螺旋《らせん》のストローもあったけれど、吸うのに力が必要だった。馬鹿馬鹿しい。どうして、そんな力を使って飲まなくちゃいけない? 名前は忘れたけれど、あいつが僕を引き寄せて、キスをしようとしたから、警告してから、ちょうど持っていた火掻き棒で殴ってやった。酔っていたみたいだ。そいつは耳から血を流して、その場に蹲《うずくま》った。泣いていたかもしれない。誰かが保健室へ連れていったけれど、僕はチキンを食べたかったから、そこに残った。火掻き棒は、炎の中に突っ込んで、ちゃんと消毒してやったし。それから、クラス委員の女が僕のところへやってきて睨んだ。頭が少し足りない女だ。なにか言いたそうだった。

「どうしたの?」僕は親切できいてやった。

「残酷な人」彼女は言った。

「チキンを焼くことが?」僕は尋ねた。

彼女は向こうへ行ってしまった。

もしかして、あいつのことが好きだったのかもしれない。

もしかして、火掻き棒が欲しかったのかもしれない。

残酷だって?

そうかもしれない。

だけど、いつもいつも火掻き棒を持っているわけじゃないさ。

殴られるつもりで来た奴の方が、まだ、良い奴だったかも。

あの女は、どうしたんだっけ。

覚えていない。

卒業するときには、いなかった。

そう……、いつだったか、道でばったり会った。

男と一緒だった。ずいぶん歳上の。親父かな。否、親父だったら、あんなに驚いたりはしないだろう。僕を見て、目を見開いて、数秒してから、ふっと不自然な息をもらして笑った。笑うしかない、と諦めたような。彼女の中で、なにか一つのものが落ちて割れたみたいだった。僕のせいじゃないさ。どうせ、いつかは壊れる運命のものだったんだ。僕はそのまま立ち去ろうとした。後ろから、彼女の叫び声が聞こえた。僕の名前を呼んだのだ。立ち止まって、僕は親切にも振り返ってあげた。

「悔しかったら、大人になってみなさい」歪《ゆが》んだ顔で、彼女はそう言った。

不思議なものを見た、感じがした。

僕は、悔しくなかったし。

可笑しくもなかったし。

でも、少しだけ笑えてきた。

そして、だんだん寂しいと思った。

自分のことがではなくて。

その女のことが、少し可笑しくて、少し寂しいと思えた。

それだけだ。

不思議だな。

今でも、不思議だと思う。

ティーチャが翼を振った。

さらに高度を下げて、雲の中へ沈んでいく。

薬田が降りていく。僕も従った。

海岸に沿って北上して、それから川の上を流れと反対方向へ飛んだ。基地が右手に見えてくる。もう降りている機体も数機あった。僕たちが一番最後だったらしい。

着陸は僕からだった。ギアを出して、フラップを下ろした。風向きは少し横から。

ランディング。

ごろごろと車輪が擦れて回る。

アスファルトの感触が躰に伝わって。

ブレーキをかけ、方向を変えた。

後ろから、薬田が下りてくる。

格納庫の方へタキシング。自動車に乗った整備工が僕のすぐ横を走っていた。手を振っている。

僕は、おなかが空いてしかたがなかった。

格納庫に近づいた頃、ティーチャが着陸するところが見えた。

前方で両手を挙げて、笹倉が待っていた。

エンジンを途中で止めて、惰性でそちらへ近づく。

ロックを外し、キャノピィを持ち上げた。

暖かい風が顔に当たる。

地上は湿っている。

雨が降りそうな天気。

僕が降りるまえに、翼の上に笹倉が乗った。ベルトを外すのを手伝ってくれた。

「おかえり」彼が言う。「どう？　調子は」

「五機やった」僕は答える。少し呂律《ろれつ》が回っていないのがわかった。さすがに酔っているかも。短く溜息をつく。「腹が減ったよ」

「エンジンは？」

「最高だった。こんな凄い飛行機はない」

「翠芽は、五機戻ってきていない」

「五機も？」僕は驚いた。「でも、まだ、わからないよ」

「ああ、もちろん」笹倉は頷いて、空を見た。

僕も空を見た。

曇っていて、遠くは見えなかった。

翠芽はそんなに長くは飛べない。

どこかで、チキンになっているかもしれない。

おなかが空いていたせいだ。言われなくても、自分が残酷な奴だって、僕は知っている。

episode 3: stall

第3話　ストール

おもうに、ほとんど理性をもたず、悲しむべき習慣をもった脂《あぶら》ぎった人間は、思想ゆたかなすばらしい理論を有する人間と同じ美しい器管《ストルメント》にも多彩《たさい》を極めた機関《マッキナメンティ》にも値《あたい》せず、ただ餌《えさ》を受入れてそれを排出《はいしゅつ》する一個の袋にすぎない。

I

結局、五機の翠芽は戻ってこなかった。つまり、十三機のうちの五機が墜ちた。僕が名前を知っている奴では、辻間がいなくなった。インテリ顔の澄ました男だった。いろいろ僕に質問してきたけれど、僕が答えた分はそのまま無駄になってしまった。人間が消えてしまうと、その人間が吸収した情報が、すべて一瞬で無駄になる。こういったことは、動物や植物では多かれ少なかれあることにしても、人間ほど無駄な情報を沢山必要としているように思えてしかたがない。

次の日は、基地中が暗い雰囲気だった。そういうのが嫌いだ、という人間もいるだろう。だけど、この仕事に就いたときから、覚悟はみんながしているわけだし、まして、予想もできなかった突然のアクシデントでもない。

合田と毛利が、午前中にパイロットを全員集めて、簡単な報告会を開いた。本部からの情報では、今回のプロジェクトは、予期された最低限の成果だったそうだ。実質的な損害がどれくらいだったのか、教えてはもらえなかったものの、うちのチームの成績は、これでも他よりはずっと良い、と合田は断言した。現に、戻ってきた九機が墜とした敵機は、合計すると十三機だった。ここだけならば、十三対五で圧勝なのだ。しかし、全滅したチームもあるし、僕たちのチームでも失われた戦力があるわけで、喜ぶわけにはいかない、という言葉を聞かされた。もともと喜ぶためにやっているのか、と僕は疑問に思ったけれど、もちろん黙っている。

結果をどのように報告しようが、どのように解釈しようが、墜ちていった飛行機にも、それに乗っていた人間たちにも、まったく無関係の話だ。

それに、それを墜とした本人たち、たとえば、この僕にとっても、こういった数字は、もうまるで異次元の話に聞こえた。

僕は、ただ、空へ上がって、目の前の敵に向かっていくだけだ。

どうして、それが敵なのか、ということを考えることを、僕はしない。そういうことを考えるならば、まず、どうして僕は僕の味方なのか、を考えなくてはいけなくなるからだ。僕が僕を墜とさないのは、何故なのか、を説明しなくてはいけなくなる。

そんなこと、できるだろうか？

単になんとなく、流されて、僕は僕を生かしているように思えるのだ。理由があるとはとても思えない。

それと同じように、敵にも理由はない。

理由がなければ、なにも正しくないし、なにも間違っていない。

こんなふうに考えることは、たしかに残酷かもしれないけれど、でも、不真面目ではないと思う。僕は自分が不真面目だと思ったことは一度もない。

墜ちていった人たちのことをもっと想ってやった方が良い、という意見も聞いたことがある。これは、もちろん外部の一般人から言われたことで、この分野の内側にいる人間ではない。

半年ほどまえだった。僕は入院させられたことがある。これは、撃たれて怪我をしたわけではなく、メカのアクシデントだ。飛行中にヒータが故障して、手足の先が凍傷になったせいだった。冷たいな、くらいにしか自分では感じていなかったのに、基地の医師が病院へ行けと指示をしたので、自分で歩いて出かけた。歩けるくらいだから大したことはなかったのだ。ところが、その病院に一週間以上閉じ込められるはめになって、びっくりした。何をするためにそんな時間が必要なのか、さっぱりわからなかったけれど、つまりは、検査をするために入院しているだけだった。治療なんてなにもなかったと思う。

病室っていうのは、今までの人生の中で、一番退屈な場所だと断言できる。自分の部屋とどこが違うのか、といえば、大した差はないのだけれど、なんというか、周りにいる病人たちが退屈なのだ。人間の退屈が集まっている場所だと考えて良いだろう。退屈な奴らが退屈な話をする。それがもう我慢できなかった。静かな方がずっと退屈じゃない。そんな退屈から逃げ出すために、僕は必死で黙っているのに、ふさぎ込んでいると思われて、看護婦なんかが話しかけてくる。その相手を適当にしなければならない、という退屈さが、また僕を襲う。もう少し長くいたら、本当に病気になっていただろう。

とにかく、そこにいた看護婦の一人が、しつこく僕に話しかけてきて、彼女の話はいつも最後には、「墜ちていった人たちのことを考えなさい」というところへ行き着く内容だった。おそらく、そういう宗教なのだろう、と僕は呆れて聞いていたけれど。

彼女に言わせると、人間の社会とは、「優しさ」や「思いやり」で結合されているものだという。それらがあるからこそ、ばらばらにならないのだ、と主張する。怪我人や病人ばかりを相手にしていると、そういう哲学になるものかもしれない。あるいは、そう考えていなければできない仕事だろうか、とも思えたから、もちろん僕は反論しなかった。僕が頷くことで、彼女が満足できれば、それが僕にとっての細《ささ》やかな思いやりだし、もしかしたら優しさかもしれない。つまり、僕にとっては、思いやりや優しさというのは、他人から自分を切り離すためのもので、つまり、相手も自分も、お互いに自由にしてあげる、拘束しない、邪魔をしない、そういう状態にするためのものだ。たとえば、ボールベアリングみたいなもので、確かにしっかりと結合しているかもしれないけれど、しかし、それは、ほとんど切り離されている状態を目指しているメカニズムではないだろうか、と考えるのだ。

社会の人間たちを結合させているのは、そんなものではない。もっと利益を共有し、力を合わせて共通の敵を倒したい、という動機ではないだろうか。

もしも愛情だけで社会ができているならば、どうして、こんなに争いが起こるのだろう?

自分が作ったものを、誰にもただで分けてやれば良いのに、金を取るのは何故だろう? 勉強をして、人よりも上に立とう、相手を蹴落としてでもトップに立とう、とするのはどうしてなのか?

みんな、自分が満足をしたい、自分のエゴを通したいのだ。ただし、そのままの姿では醜いから社会では生きていけない、けれど、ちょっとそれを隠すだけで、たちまちその醜さが善となる。客観的に見れば大差がないことなのに、ある一線から善になる。そういうのが、大人の社会の常識なのだ。

それでも、その看護婦は、とても優しかったし、誰に対しても、そういう話をしていたから、きっと彼女は、そう信じていて、彼女の中ではそれが本当に善なのだ。彼女の信念を、僕は覆そうとは思わない。ただ、僕には、それが正しいとは思えない、というだけのこと。

試験でがんばって、クラスで一番の成績を上げたら、代わりに落ちていく奴がいるわけで、そいつの気持ちを考えなければならない。そいつに対する優しさを持たなければならない。ということだろうか? 僕は、もし自分が落ちていく立場になったら、そんな同情は絶対に受けたくないな。まっぴらだ。

少なくとも、空へ上がって戦っている連中は、例外なく、そう考えているだろう。飛行機が墜ちていくとき、自分はもう死ぬのだというとき、絶対に、そんな惨《みじ》めな気持ちにはならない。

自分を撃ち墜とした奴を恨むことだって、きっとないだろう。むしろ、尊敬するかもしれないし、それに、もし恨むものがあるとしたら、自分の未熟さに腹が立つだけだ。もう一度、チャンスがあったら、もう一度人生がやり直せるならば、もっと強いパイロットになって、もっと相手を墜としたい、と願いながら、死んでいくだろう。それが飛行機乗りというものだ。

勉強をするとき、相手を落ちこぼれにしてやろうと考えているだろうか? 商売人は、誰かを貧乏にしてやろうと考えているだろうか?

そうではなくて、単に自分を磨きたい、と考えているだけではないだろうか。

ただ、自分が磨けたかどうか、自分が高まったかどうかは、他人と比較しないと判明しない、という測定方法に問題があるだけの話だと思う。これはつまり、飛行機を墜とすと、かなりの確率でパイロットが死んでしまう、というシステムの問題点と考えることができるだろう。

そのとおり、パイロットは死ぬ必要はない。

その場その場の勝敗が決すれば、それで良いのだ。

それでも、一つだけ、重要なことを見落としている。

命をかける、という行為だ。これが、空中戦の絶対的な力学であり、大前提となる。

チェスやスポーツの試合と違う点は、そこにのみある。

みんな自分のたった一つの命を、飛行機に乗せて、空へ上がってくる。その時点で既に、僕は、敵も味方も、すべてのパイロットを尊敬する。もっともっと上達できるかもしれない、未来にまだまだ可能性がある、そういうパイロットが、運悪く墜ちることがあるだろう。練習というものが事実上できない。一度失敗したら、ゼロになる。ここが、僕たちの仕事の一番の特徴だ。現在では類例がない。滅多にないだろう。

人殺しで、残忍な行為だと、非難されている。それは知っている。充分に理解している。しかし、人間の歴史を見ても、どの世界にも、どの文明にも、同様のスピリットは存在して、そして、どの時代でも、どの歴史でも、それは尊いものだと敬われた。

何故だ?

戦うことは、尊いのか?

それは、技術ではない。

それは、理屈ではない。

自分の命を捧げている人間に対する畏怖《いふ》なのだ。

そして、

その当事者の僕たちからすれば、べつにどうってことはない、単なる仕事、単なる生き方の一つにほかならない。

僕たちには神はない。

僕たちが信じるのは、メカニックと、操縦桿を握る自分の腕だけだ。

2

一週間後には、二人の新人が基地へやってきた。新人といっても、別の基地から配置換えになっただけだから、キャリアは僕とほとんど同じ。一人は男で栗田《クリタ》、もう一人は女で比嘉澤《ヒガサワ》という名だ。特に、比嘉澤の方は、僕のすぐ隣の部屋になった。

一応の簡単な歓迎会があったけれど、すぐにお開きになって、僕は部屋へ戻った。通路で、比嘉澤が追いついてきて、話をしに部屋へ行っても良いか、ときいたので、僕は、シャワーを浴びるから三十分後に、と答えた。

窓辺に腰掛け、いつものとおり煙草を吸っていると、隣の部屋のドアの音、廊下の足音、そしてノックが聞こえた。返事をすると、比嘉澤が入ってくる。着替えていたから、初めて見るラフな服装。それにメガネをかけていた。

「目が悪いの?」僕はきいた。

「いえ、これは風防です」彼女は答える。

「あ、そこ、座っていいよ」僕は、ベッドを示す。部屋には椅子は一脚しかなくて、そこに僕が座っている。ベッドにはカバーがかけてあるから、文句はないだろう。

「クサナギさんのお噂は、よく聞いていました」

「お世辞?」僕は口もとを緩める。

「先週のあのとき、散香で五機墜としたそうですね? 私もあのとき、散香で飛んでいました」

「そう」僕は頷く。

そういえば、比嘉澤も栗田も、散香に乗って基地まで飛んできた。この基地に散香は三機になった。もっとも、僕の散香だけが最新型だ。

「うちのチームは八機だったのですが、苦しい戦いで、戻れたのは、私だけでした」普通の表情で、比嘉澤は話す。

「それで、こちらへ来たってことか」

「ええ。クリタさんも、そうらしいですよ。一人になったって」

「篩《ふるい》にかかってきたって言いたいの？」

「いえ、そういうわけじゃなくて……」比嘉澤は微笑む。

「何の話がしたい？」僕は煙を吐きながらきいた。

「ティーチャのことです」彼女は、じっと僕を見つめる。

さきほどの歓迎会には、ティーチャは出席していなかった。そういえば、先週以来、彼女とのフライトはない。基地のどこかにいるはずだが、一度も姿を見かけなかった。

僕は黙って、煙草を吸う。窓から、涼しい風が入った。頭を少しだけ下げると、澄んだ夜空が見えた。今夜は気温が下がりそうだ。

「どんな人ですか？」比嘉澤が尋ねる。

「うーん、どんなっていってもねぇ、なんて言って良いのか」

「クサナギさんは、どれくらい、彼と飛びました？」

「ああ、ここへ来て、最初から彼と組んだから」

「やっぱり、凄いのですか？」

「うーん」僕は考える。「そう、凄いと思う」

「何が、どう凄いのですか？　飛行機は特別ではありませんよね？」

飛行機が特別というのは、僕のことを言っているのか、と思えたけれど、それは受け流すことにする。

「見たところは」僕は煙と一緒に頷く。

「わからないなあ。うーん、早く見てみたい。そんなに凄いのなら、それなりのノウハウがあるはずですよね？　どうして、それを全員に還元しないのかって思えるんですけれど」

「それは、やっぱり、説明ができない、というか、躰で覚えているものなんじゃない？」

「でも、そういう技術を、なんとか機械化したり、工夫をしてきたのではありませんか？人間の能力の差で勝敗が決まってしまうのは、ある意味でエンジニアリングの未成熟を示しているのだって思いませんか？」

「ああ、思う」僕は頷いた。「それ、思うよ。つまり、今は過渡期なんじゃないかな。もうすぐさ、乗るのは誰でも良いって時代が来るかもね」

「そうなると、何のために、私たちがいるのか、わからなくなりますね」

「まあね、ちょっと面白くないだろうね」

「いえ、面白い面白くない以前に、私たちの人権というか、存在理由がなくなってしまう気がします」

「よくわからないけれど」僕は苦笑した。そんなことは考えたこともない。「人権ね……、べつに、基地の中にいられれば、どうってことないし」

「いられなくなったら、という話です」

「ああ、なるほど」

「ティーチャがやはり注目されているのは、彼が普通の人間だからですよね？」

「うーん、そうなのかな」

誰に注目されているのかも、わからないし、普通の人間、という表現にもひっかかったけれど、僕はとりあえず頷いた。デスクの上にあった灰皿で煙草を揉《も》み消す。

「普通の人間が、パイロットになるっていうのも、珍しいというか、特別だと思います」比嘉澤は言った。「どんな人なのかなぁ」

「べつに特別ってこともないと思うけれど」僕は微笑んだ。「だって、昔は、普通の人がパイロットをやっていたわけでしょう？　そういう人たちがどんどん消耗して、数が減ってしまったというだけで」

「消耗っていうのは、ちょっと嫌ですね」彼女は顔をしかめた。

「うん」僕は頷く。「まあ、でも、消耗だよね」

「消耗しないものは、何て言うんでしょう？」

「え？」

「消耗しない部品は、壊れたとき、何て言われるのかなって」

「さあね、そういうふうに考えなくても良いんじゃないかな。自分にとっては、無関係だよ。それに、死ぬことは自分の消耗でしょう？」

「まあ、そうですけれど」

「話っていうのは、それだけ？」僕はきいた。もう一本煙草を吸おうかどうしようか、考えた。それから、時計を見る。時間が惜しい。人と話をしているよりも、本を読んでいる方が、僕にはずっと有意義だ。

「散香のマーク7は、どうですか？」比嘉澤は話題を変えた。

「マーク7じゃないよ。マークA2」

「へえ、では、全然違うんですね？」

「エンジンが違うし、機銃も主翼にはない」

「見せてもらえませんか？」

「明日でいい？」僕は無表情できき返した。

「あ、ええ……」比嘉澤は少し残念そうな顔をした。きっと今夜、今から、最新型の散香を見せてもらおうと思っていたのだろう。「では、明日」彼女は立ち上がった。

「ごめん、わりと、早く寝る方なんで」

「すみません。どうもありがとうございました」

ドアを開けて、彼女が出ていった。僕は鍵をかけてから、再び窓際の椅子に戻って、煙草に火をつける。デスクの上に伏せてあった本に手を伸ばしたけれど、どういうわけか、読む気がなくなっていた。

眠いわけでもなかった。

本当は、煙草を一本吸ったら、格納庫へ行こうと考えていたのだ。それができなくなった。隣の部屋の比嘉澤が、僕が部屋を出る音を聞くだろう。こういうのが、つまり不自由っていうやつだ。優しさが不自由さを作っているのだといえる。ほんの少しだけ苛《いら》ついたけれど、煙に吸収させて、なんとか拡散した。

それから……、

普通の人間、という言葉。

あれも、気持ちが悪い表現だ。

どうして、普通のものを決めるのだろう。普通を決めるから、普通じゃないものができてしまう。理不尽な話ではないか。何をもって普通なのか。意味はないのに。そういう確固とした理由もないところで境界を無理に作ろうとする姿勢が、普通という馬鹿なやつの正体だ。

僕たちは、普通の人間じゃないのだろうか?

少なくとも、普通の大人ではない。

大人とは違う、とは思う。

僕たちは、子供で、それは、普通の子供と同じだ。

ただ、そのまま、大人にならない、というだけの話。

違うか？
べつに、どうでも良いではないか。
なりたくないものに、ならずに済むのだから。
そのとおり、
だからこそ、
なりたくないものになってしまった人たちから、
きっと僕たちは妬《ねた》まれているのだ。
みんな子供のままでいたかったのに、
嫌々大人にならざるをえなかったから、
羨《うらや》ましいのだろう。
そう考えるしかない。実際にそういう言葉を何度か聞いた。
でも、誰もそうは考えていない。
羨ましがるどころか、単なる異物としてしか僕たちを見ない。
何だろう？　あの目は？
子供が、そんなに珍しいか？
実に不思議だ。
今まで、ずっと、そういう不思議の中で僕は育ってきた。

しかし、そんなことは、どうでも良いこと。そんなことを気にするような子供はいない。そんなことで、くよくよしているよりも、あれこれ悩んでいるよりも、空へ上がって飛び回った方が気持ちが良い、気持ちが良ければ、それですべてだ。

だから、遊び終わって、帰らなければならなくなって、初めて、また、つまらなさを思い出す。

空から降りてくるときに、いつもいつも、人生のつまらなさ、人生のちっぽけさ、人生の馬鹿馬鹿しさを、思い出して、ああ、今からまた人間たちの中へ戻っていくのだ、と憂鬱になる。子供だけがいる社会ならば、こんな嫌な思いはしなくて済むだろう。大人がおかしいんだ。大人たちが、すべてをこんなにつまらないものに変えてしまった。どうせ自分たちはすぐ死ぬのだから、というやけっぱちで、こんなふうにしてしまったのだ。人生は切ないものだから、すべてを寂しくしてやろうと考えたのだ。そんな魂胆だったのだろう。

とにかく、それを子供に押しつけようとするのだけは、

僕は許せない。

それにだけは、反発したいと思っている。

でも、その反発って、結局、

まだ僕が、人間に未練を残している証拠かもしれない。

救いがないものだとは、まだ信じられない証拠かもしれない。

笹倉と話してみようか。

こんな疑問に、ずばっと答えてくれる奴なんて、そうそういないだろうし、そもそも人に疑問をぶつけることが、僕は好きじゃない。ぶつけられたら自分は嫌だから、これも、それを想像しての僕なりの優しさだと思うのだけれど、違うかな？

3

翌週には、新人二人と一緒に飛ぶことになった。

どういうわけか、ティーチャではなく、僕が二人をリードする役を命じられた。こういうのは初めてだったけれど、なんとなく嬉しかった。あのとき僕が五機を墜としたことが評価されているのだ、と思えた。ティーチャでも三機だったのだから。

偵察だけの任務で、何事もなく無事に基地へ戻ることができた。宙返りの一つもしなかった。

格納庫へ戻って、しばらく笹倉と吸気系の小さな改良について話し合っていると、比嘉澤がやってきた。彼女の格納庫は西の隣になる。そこは、以前は辻間の機体が収まっていた場所だ。栗田と比嘉澤の二機の散香がそこを使っていて、散香のことに一番詳しい笹倉がときどき、そちらへ出向いて指導している。

「ティーチャならいないよ」笹倉がさきに言った。

「こんにちは」比嘉澤は僕に頭を下げ、シャッタの中へ入ってきた。

ティーチャは、このところずっと不在だった。もしかしたら、特別な任務についている可能性もある。毎日、比嘉澤が彼を探していたけれど見つからないようだった。僕は、彼女とティーチャが会わない方が良いな、という印象を持った。どうしてなのか、理由は自分でもわからないけれど。

「散香は、順次改造になるらしいです」比嘉澤は言う。「私のは三週間後だって言われました」

「へえ、どれくらいかかるって?」笹倉がきく。

「三日間」

「そんなことするより、すっかり取り替えて、スクラップにした方が良いのに」彼は口を斜めにした。「古いエンジンで、あれをやって、大丈夫かな。シリンダ・ブロックのアルミが違うんだ」

「アルミの何が違うんですか?」比嘉澤は首を傾げた。

「いや……」笹倉は片手を上げる。「特に大したことじゃないよ。ちゃんと、それなりに対処をするだろうからね」

アルミ合金の配合が違うのだろう、と僕は受け止めた。以前にそんな話を笹倉から聞かされていたからだ。途中で、パイロットに話す内容ではないと気づいて、笹倉は話を中断したのだと思う。

「ティーチャ、今夜戻ってくるそうです」嬉しそうに、比嘉澤が言った。

「え？　どこから？」

「えっと、秘密」彼女は微笑んだ。「言っちゃあ、いけないんですよ」

「誰からきいたの？」僕は尋ねる。

「いえ、それも言えません」

「ふうん」面白くなかったけれど、僕は溜息をついて頷いた。関係のないことだ。

「あいつ、どう？　クリタって奴」僕は話を変えた。

「どうって？」

「なんか、暗い感じだけれど」そう言ったものの、自分の方が暗いかもしれない、と僕は思ったので、笹倉を横目で見た。彼は、もう飛行機の方へ戻っていこうとしていて、こちらを向いていなかった。でも、話は聞こえる距離だ。

「うーん、べつに……」比嘉澤は首をふった。「私とは、あまり話さないですね」

「そう」僕は頷く。この女なら、誰とでも話をしているのではないか、と考えたのだが、そうでもないようだ。

もう話は終わったと思ったから、僕は片手を見せて、彼女と別れようとした。

「あの、報告にいかなくても、良いのですか?」比嘉澤が首を傾げる。合田への報告のことだ。

「行くよ、あとで。特に急がなくても良いと思う」

「私、代わりにしておきましょうか?」

「いや、そんな必要はない」僕は首をふる。それは僕の仕事だ。

「すみません。じゃあ、また」作り笑いを見せて、比嘉澤は事務棟の方へ歩いていった。

僕は飛行機へ近づく。笹倉が、ギアのブレーキ・シリンダにグリスを塗っていた。

「とげとげしている」彼は下を向いたまま言った。

「ブレーキが?」

「いや、クサナギが」

「僕が?」少しびっくりした。「そんなことない。ただ今、絶好調。機嫌も良いし、体調も良いし……、おなかは少し減っているけれど」

「あれから、一度も、ファイトがないから?」笹倉が顔を上げてきく。

「あれからって、まだ一週間ちょっとだよ」

「そうだ」

「そんな……、吸血鬼じゃないんだから」

笹倉が横目で僕を見る。口を斜めにして、頷いた。どういう意味なのか不明。きっとなにか、勘違いしているのだろう。

4

合田の事務室に入り、任務の報告をした。偵察だけの場合はチーム・リーダだけで充分だから、他の二名は来ない。説明はすぐに終わってしまった。

「わかった。ご苦労」合田が言う。

僕は立ち上がり、敬礼をした。

「君の成績は、本部でも注目されているよ」彼は言った。「新しい散香を増産することに決まったらしい」

「そうですか」

「急な話だが、明日、本部から人事関係の人間が来るらしい。君と話がしたいそうだ」

「人事関係?」

「悪い話ではないだろう」合田は微笑んだ。

まったく想像できなかったが、とにかく僕は頷いた。

「あの、質問があります」

「何だね?」

「このところ、ティーチャを見かけませんが、彼、どうかしたのでしょうか?」

「そういうことは尋ねないのがルールだ」合田は少し笑ったような口調で答える。「まあ、しかし、心配なのは当然だな。特に問題はない。今夜には戻るはずだ」

「はい」僕は頷いた。「実は、その噂を聞きました」

「噂というと?」合田が顎《あご》を上げる。

「ティーチャが、今夜戻る、という噂です」

「誰から?」

「ヒガサワです」

「ヒガサワ?」合田は僕を見たまま、目を細めた。

「わかりました。では、失礼します」

僕は、ドアへ行き、それを開けて、振り返って合田を一瞬だけ見た。こういう瞬間を、戦闘機乗りならば、見逃すことはないだろう。合田はこちらを見ていなかった。デスクの上の書類に視線を落としているようだった。

自分の撃った弾が外れたので、通路に出て溜息をついた。どうして、こんなおかしなことを考えているのか、と不思議に思う。こんなことを考えている自分、というものが、ちょっと受け入れられない、という感じだった。まるで皮膚にできたできものみたいに、触れると違和感がある。これは自分のものではない、という違和感。しかし、触らずにはいられない。無視するには、自分に近すぎる。

その夜、僕が食堂へ行くと、ティーチャが一番奥のテーブルで食事をしていた。そして、そのテーブルの向かい側に、比嘉澤が座っていた。他にも何人かいたけれど、その二人からはみんな離れている。僕がティーチャを見たとき、彼の目が一瞬だけ、こちらへ向いた。遅れて比嘉澤が僕を見た。彼女は僕に微笑みかける。僕は彼女を無視して、カウンタへ歩いた。

トレィにフォークとスプーンをのせて待っていると、キッチンの中の老婆が近づいてきて、僕を睨んだ。

「少なめだね？」

「そう」僕は無表情で頷く。

メインはシチューだった。窓際のテーブルまでトレィを運び、外を眺めながら食事をした。ガラスに映っている室内の人間たちを、できるだけ見ないように意識した。人を見ることが嫌なのだ、と思った。そう、きっと、同級生のあの女に「残酷な人」と言われたときだって、僕は嬉しかったのだろう。そして、あのとき、もっともっと冷酷な人間になろうって決心をしたのかもしれない。

途中でティーチャが席を立って、食堂から出ていった。僕も食べ終わっていたので、もう出るつもりだったけれど、ティーチャの後を追うように見られるのが嫌だったので、しばらく煙草でも吸って時間を潰すことにした。すると、比嘉澤が僕の前にやってきて、椅子に腰掛ける。

「素敵な人ですね」顔を近づけて、小声で比嘉澤が言った。

「誰が?」僕は目を細めて、煙を避ける振りをする。

「他の人とは、やっぱり違う」彼女は、食堂の出口の方を見た。もちろん、もうティーチャの姿はそこにはない。

一番近くにいた、パイロットのグループが席を立ち、食堂から出ていった。あとは、少し離れたところに三人いて、テーブルの上に本を広げて熱心に話をしている様子だった。近くには僕たち二人だけしかいない。

「外で話そうか」僕は言った。このときには、まだなにも話すつもりはなかったのに、そういう台詞《せりふ》をさきに吐き出して、自分を追いつめようとしたみたいだった。

比嘉澤は少し目を見開き、驚いた顔。黙っていた。僕は立ち上がり、トレィをカウンタまで戻しにいった。食事は半分くらい残っていて、老婆がそれを見にくるまえに、僕は急いで食堂を出た。

もちろん、後ろを比嘉澤がついてくる。

格納庫の方へ向かう暗い道を黙って歩いた。このままずっと、どこまで歩いていくのだろう、と急に不安になる。照明灯の下だろうか。それとも滑走路を横断するつもりか。そんな外れまで行ったら、とんでもない危険がありそうな予感がした。何が危険か、全然わからない。具体的なイメージではない。もっと抽象的な……。もしかしたら、危険なのは僕自身ではないだろうか。

結局、照明灯の下まで来て、立ち止まった。

空は曇っていて、星は見えない。

空気は湿っている。

地面も、地面を這っているものも、全部濡れている。

「お話って?」小声で、彼女がきいた。

「あのさ、気づいているかな?」僕は煙草を取り出しながら、ゆっくりと話す。

「何に、ですか?」比嘉澤は不安そうな顔つきだった。

「ほら、よくほかの連中が……」言葉にしながら、自分の中でごちゃごちゃに入り乱れているものを僕は必死で整理しようとしていた。「つまり、男たちが、よく街へ繰り出していって、女と遊んでいるだろう? あれって、普通の女? それとも私たちみたいな女?」

「知りません、そんなこと。どっちですか?」

「うん。僕も確かめたわけじゃないし、そもそも、こんなことに興味なんて、これっぽっちもないんだけれど、でも、数少ないサンプルを見たかぎりでは、普通の女だった」

「はぁ」比嘉澤は頷く。それがどうかしたのか、と言いたそうな目で、僕を見据えている。

「つまりさ、子供の男たちは、普通の大人の女を追いかけているんだ。これ、どう思う?」

「馬鹿馬鹿しい、と思います」彼女は即答した。「はっきり言って、やめてほしいです。同じパイロットとして、ああいった下品な行為は慎んでほしいと希望しています」

「うん」僕は少し微笑んだ。なんという優等生の返答。しかし、その点ではまったく同感だった。「それじゃあ、子供の男が、私たち子供の女に、近づいてくるっていうのは?」

「もっと許せません」

「そう……」僕はまた頷く。なんだか誘導尋問をしているみたいで、気が滅入ってきた。「そうなんだ。てことは、どちらかというと、外へ出てってくれた方が良いわけだ。ちがう? そういう馬鹿馬鹿しい真似を何故するのか、それは理解できないけれど、なんていうの、まあ、いいじゃん、放っておけば……。僕たちに直接被害があるわけじゃなし、という感じ」

比嘉澤が無言で頷いた。目を丸くして、話の方向を必死で見極めようとしていた。

良い目だ。

獲物を狙うときの目つきと同じ目。

これが、戦闘機乗りの目だな、と僕は思った。

「きっと、子供の特性だと思うんだ。どんな飛行機にも癖があって、ちょっとやそっとの改造では消えない」僕はようやく煙草を口にくわえ、ライタで火をつけた。煙を吐き出してから、言葉も吐き出した。「僕たちも、あいつら子供には、まったく興味はない。ようするに、子供どうしで引き合うようなことはない、という特性を持っている」

「あの、何がおっしゃりたいのか、私、よく……」

「だから、そういうグループの中に、子供でない人間がいると、特別に見えてしまう、必然的にね。いや、普通は、大人なんて大したことない、と僕たちは考えている。きっと、それはみんな同じだと思う。僕たちの周囲には、そういう大人がいないからだ。ただ、例外があれば、そこに、どうしたって集中してしまう」

「ティーチャのことですか？」

僕は煙を吹き出すのを待って、軽く頷いた。

比嘉澤は空を見上げて溜息をついた。それから、目を一度瞑り、唇を少しだけ歪め、次に細めた目で、じっと僕を捉えた。

「そういうふうに、認識されることは、心外です」彼女は言った。

「心外だと思う」僕は少し微笑んで頷いた。無理な表情だったかもしれない。「自分自身にとっても、心外だ」

「私は……」

「いや、とにかく、冷静になって、自分を見つめる機会を持っても、良いかもねってこと。

それだけ」

「あの、もしかして……、クサナギさんが、そうなのですか？　それで、私を牽制《けんせい》しているのでしょうか。だったら、そんな心配は無用です。私は、そんなつもりでは……」

「全然違うけれど、でも、どう受け取ってもらっても、僕には関係ない。君の勝手。好きにして」

「私は、あなたと、その、そういう関係にはなりたくありません」

「どういう関係？」

「敵対した関係です」

「じゃあ、敵対していない関係というのは、どういう関係？」

「やめて下さい。茶化《ちゃか》すのは」声を上擦《うわず》らせて、比嘉澤が言った。彼女は下を向き、深呼吸をしてから顔を上げた。「すみません。言い過ぎました」

冷静な良いコントロールだ、と思った。これだけで、彼女のパイロットとしての適性が評価できる。少々彼女のことを見誤っていたかもしれない、と僕は後悔した。

「ごめん。そういうつもりじゃないんだ。良いパイロットとして、良いライバルとして、君のことを尊敬したい。だから、変な方向へ行かないようにって……。もしかしたら、余計な心配だったかもしれないけれど。なんていうか、あまり、こういうことを溜めたままにしておけない人間なんでね」

「いえ、アドバイスには、感謝します」比嘉澤は下を向いたまま軽く頭を下げた。「それに、言われてみれば、たしかに、そうかもしれないと、少し思いました。そうですね、頭を冷やした方が良いかもしれない」そこで顔を上げて、彼女は微笑もうとした。「ええ、でも、どうして、そんなふうになったんでしょう？　ああ、そう、本当にそうかもしれない。知らないうちに、流されていたっていうか……」

「ティーチャに対する憧れは、誰でもが持っている。今でも、僕は彼に憧れている。それは素直な気持ちだよ」

「そうですね。はい」

「煙草吸う？」僕はポケットから、箱を取り出す。

「あ、いえ、私は吸いません。でも、ありがとうございます」彼女は片手を前に出した。

僕はそれが何の意味なのか、わからなかった。

「握手です」にっこりと微笑んで、比嘉澤が言う。

「ああ……、なんだ」僕は、その手を握った。

暖かい小さな手だった。

僕の手は、彼女よりもずっと骨っぽくて、そして冷たい。

手まで冷酷なのかもしれない。

「もう、戻って、よろしいでしょうか？」

「もちろん」

「また、良かったら、散香のことを教えて下さい」比嘉澤は、そこで片手を上げて敬礼をした。「失礼します」

「余計な話をして、ごめん」僕は言う。

駄目だな。

どうしたって、それは、余計な話だ。

話なんて、すべて余計なのだ。

比嘉澤は闇の中へ消えていった。

僕は、しばらくそこに残って、煙草を吸い続けた。

自分が話したことは、本当だろうか、と考えた。彼女に言うべきことではない、自分に対する忠告だったのではないか。ティーチャは大人だ。笹倉だって大人だ。

でも、僕は子供。

いつまでたっても、子供なんだから。

5

本部からやってきた女は、甲斐《カイ》と名乗った。場所は、事務棟の応接室で、その部屋に入ったのは初めてだった。最初は合田が一緒だったが、彼は途中で出ていってしまった。

「本題に入るけれど……」甲斐は一度小さく肩を上げてから、話を始めた。「社会的な要請もあるし、それに、さきを見越した自発的な防御でもあるのだけれど、女性のキルドレを、指導的なポストに起用したい、という動きがあるの」

キルドレという言葉を、こうしてさらりと抵抗なく口にできることが、この人の揺るぎのないキャリアの証明だ、と僕は感じた。

「その昔には、女性に対して積極的にポストを用意した。そういう歴史もあったわね。無理な動きだ、と当初は非難されても、長い目で見れば、少なくとも、自然な形に落ち着くための良いきっかけだったと評価されるでしょう。まあ、そんな大義名分は、どうだって良いといえばそれまでだけれど。とにかく、指揮官クラスに、いずれはキルドレを、という声はかなり以前から上がっていたものだし、現に、既に数人、有力な候補がいる。そりゃあ、できれば、自分たちの気持ちを理解している人間の下で仕事をしたい、というのが、人情というものでしょう。そうだよね？」

「さあ……、どうでしょうか」僕は首を傾げた。「これまで、上司に対して、不満を覚えたことは一度もありませんので、そういったふうに考えたことは……、ありませんでしたが」

「うん。恵まれていたのね。でも、そうでない状況になってからでは遅い。予想されることに対しては、先手を打たないとね。それが企業努力というもの。まあ、とにかく、そういった議論の中から、では、具体的に誰がいるのか、という話になって、あなたの名前が挙がった、というわけ」

「あの……、どういうことでしょうか？」

「そういったポストに将来就く気はないか、ということ」

「指揮官ですか？」

「一足飛びに、というわけにはいかないでしょうけれどね。うん、もしかしたら、強い反対に遭う、という可能性もあるわ。だけどそれは、これから一つずつ潰していくつもり。今は、そう、とにかく、そういうことは、ちょっと忘れて考えてほしいのよ」

「はあ……」

「あなたの成績は、ずば抜けている」

「そうなんですか？　自分なんかよりも、ずっと凄い奴はいると、思いますが」

「なんていうか、トータルの評価ではないの。最近の勢いっていうか、つまり、加速度ね」

「しかし、そういったポストになれば、もう飛べなくなるのではありませんか？」

「うーん、そうね。飛べないってことはないと思うけれど、機会は減るでしょう」

「それは、ちょっと……」僕は困った顔をつくった。「飛行機に乗れないなんて、とても考えられません」

「うん、もちろん、そう言うだろうとは予想してきた。誰だって同じ。パイロットはみんなそう言うわ。だけど、よく考えてみて。私が話しているのは、もっと将来のことなの。パイロットの平均就業年数がどれくらいか、あなた、知っている？」

「五年くらいですか？」

「我が社の平均は、二年と八カ月」甲斐は、僕を見据えて言った。「もちろん、飛ぶのが嫌になって辞めていくのではなくて、わかるわね？　優秀な成績を長く収め続けたパイロットも、最後には、いなくなってしまう。どうして？　きっと、集中力が続かないのだと分析されているけれど、どうしてかしら？」

「まだ、自分にはわかりません」

「ええ、そう……。今はわからない。予想もできないことでしょうね。ずっと未来のことなんだから……。つまり、私はね、あるところでパイロットから引退することの方が、結果的に、飛行機と長くつき合える、長く飛ぶことができる道だと思うの。優れた才能、優れたノウハウを、後進に伝える必要だってあるんじゃない？　たとえ消耗しなくても、いつかは、交換されてしまう。それだったら、消耗したことと同じでしょう？」

「その、何を、どう決断すれば良いのですか？　どんな判断を求められているのかが、わかりません」

「わからないままで良いし、ぼんやりとでも良いの、ただ、そういう心構えでいてほしい、ということかな。将来、そういった立場になることを常に念頭に置いていてほしい。これはとても重要なことだと思うわ。あなたたちの多くは、将来のことをなにも考えていないでしょう?」

「ええ、考えていませんね。どんどん上達する、どんどん上手くなる、という夢しか見ていません」

「生理的にそうなのかもしれないけれど、それでは、キルドレはいつまで経っても、文字どおり子供だと思わない? 自分たちの人権を、勝ち取ろうとは思わない?」

「人権?」

「もう、この仕事が長いから、私、一般人よりは、あなたたちのことを理解しているつもりよ」甲斐は母親のように微笑んだ。そういう母親がどこかにいるだろう、という意味だ。僕の母親のことではない。「すぐに返事が欲しいというわけじゃないの。少しだけ、頭の片隅に置いておいてもらえれば良いだけ。また、何度か会って、話をさせて下さい」

「はい。了解しました」僕はとりあえず頷いた。

彼女が立ち上がったので、僕も立ち上がり、敬礼をした。すると、彼女が片手を差し出す。また握手だ。甲斐の手は、僕よりも大きかった。大人の乾いた手だった。

6

翌日の午後、ティーチャと僕、それに比嘉澤と栗田の四人で飛ぶことになった。離陸したのは、十五時過ぎ。任務は、西南西の海岸の偵察。しかし、単なる偵察で四機も飛ぶことは滅多にない。

飛びながら、僕は昨夜のことを思い出していた。僕の部屋に比嘉澤が来て、一緒にお茶を飲んだ。散香のことでいろいろ話した。そんな会話をしている自分が不自然だな、という意識はあった。まるで、糸で操られた人形みたいに、ときどき自分のことを考えてしまう。昼間に甲斐から聞いた話のせいだったかもしれない。それとも、一昨日の夜、照明灯の下で比嘉澤にぶつけてしまった話題のせいだったかもしれない。どちらかの握手で、僕自身が少し変わってしまった、としか思えなかった。

けれど、少なくとも、比嘉澤がティーチャと話しているよりは、良い状況だろう……、みんなにとって、つまり、比嘉澤にとっても、僕にとっても、そしてたぶん、ティーチャにとっても良いだろう、という確信は何故かあった。

「私の散香も、早く改良してもらいたい」と比嘉澤は話していた。

そのとおりだろう。

これに一度乗ったら、散香の本当の凄さがきっと彼女にもわかるはずだ。操縦桿を握る手が、今にも横にさっと動きそうになる。ロールしたがっている。不安定で、いつでもどちらへでも倒れ込める素早さを、持て余しているのだ。これは、そんな飛行機だ。

ティーチャの翠芽を先頭にして、両翼を比嘉澤と栗田の散香、僕は一番後ろの高い位置を飛んだ。

目標の手前十キロのポイントで、敵機集団と遭遇した。

こちらは、地上偵察のために高度を下げようとしていたので、気づいたときには、相手はほとんど真上だった。

「何機だ?」ティーチャがきいた。

「五機?」栗田の声。

「違う、六機だ」僕は答える。

「下りてくる」比嘉澤が言う。

「進路を北へ」ティーチャが指示した。「二キロ飛んで、そこで解散だ。集合場所は、そのポイントの上空」

「了解」

「了解」

「了解」

「通信終わり」

逃げても良い場面ではあった。しかし、あの高度差では、追いつかれることは必至。燃料の残量は充分。それになによりも、僕たちには自信があった。

そのままの隊形で北へターンする。少しずつ高度を上げていった。眼下は雲。ときどき山の頂上が見える。海じゃないだけでも、少し嬉しい。

後方を気にしながら飛ぶ。

やはり六機で、すべて双胴の戦闘機だった。

ティーチャが翼を振ってから、右へターンしていく。

栗田は真っ直ぐに飛ぶ。

左へ比嘉澤が行った。

僕は上昇角を少し強めて、もう少しだけ待った。

後ろの六機が、どちらへ行くかを確かめる。

二機来い、と願う。

メータで油系を確認。フラップの作動を手応えで見る。

ベルトを少し締めた。

斜めに上がっていく。

後方から一機。

右へ緩やかにターン。

ティーチャの方へ二機突っ込んでいくのが見えた。可哀相に。

左へ反転。エレベータをぐっと引く。

最初はわざと鈍く見せかける。

途中で切り返して、軽くかわしてやる。

相手が逆へターンしてくる。スピードが落とせないタイプだ。

プロペラが二つ、エンジンも二機、だから馬力は充分だけれど、どうしても機体が重くなる。ロール系が特に鈍い。最初の一撃で当たらなかったら、もっと距離をおいて、走った方が良いだろう、なんて相手の戦術を考えてやった。散香の軽さを知らないのだろうか。

僕のは、普通の散香じゃないし。

突然、右手でなにかが爆発。

その風圧で機体が遅れて振動。キャノピィが軋む。

後ろを振り返ると、白い煙と黒い煙が絡み合っていた。

対空砲だ。

「おいおい」僕は呟いた。

どっちだ?

敵も味方もなく撃っているのだろうか。正気の沙汰じゃない。

もう一つ、ずっと高いところでまた爆発した。

まったく、信じられない。

どこかの金持ちが、自分の庭の上を飛ぶなと警告している、そうとしか考えられなかった。

気にしていてもしかたがない。

こんな危ないところに長くはいたくない、早めに片づけよう。

相手は、また後ろへ回り込み、大きめのカーブで斜めに突っ込んでくる。ワンパターンだ。

僕は右へ行くと見せかけて、左へ切り、左へ行くと見せかけて、もう一度右へ切った。

スロットルを絞る。

フラップ・ダウン。

相手が横を通り過ぎていく。

スロットル・ハイ。

上昇する。

何度もロールして、辺りを確かめる。

どの機体ももう小さい。しかし、全部動いている。

まだ煙は上がっていない。

二機を相手にしているのは、ティーチャと、誰か……。
とにかく、早く片づけよう。
今度来たら、仕留める。
上昇しながら、真っ直ぐに飛ぶと、思ったとおり、後方、下から迫ってきた。
今までとは、高度差が違う。
今度は最初から右へ切る。
そして、アップ。
向こうも上を向くだろう。
ほぼ垂直に上昇。
ロール、止めて、またロール。
躰を突っ張って、後方を確認。
さあ、上がってこい！
じわじわと水平に戻し、背面に入れる。
エルロンを切るだろう、と普通は思う。
フラップを下げる。
エレベータを引いた。
スナップで機体が翻る。

失速しない。
相手が前方で慌てて反転する。
遅い。
射程に入った。
撃つ。
機首で一瞬の閃光《せんこう》。
左へ抜けていく。右で煙が上がった。
旋回。
キャノピィにも弾が当たったようだ。
風防が赤く曇った。
まず一機。
反転して、背面でダイブに入る。
機体を方々へ傾け、周囲の状況を確認した。
右手へ向かう。
散香を確認。その前方に双胴。
誰だ？　栗田か。
そちらは任せて、ターン。

そのまま斜めになって、高度を維持。

かなり遠くの低いところで、黒い煙が伸びていた。

低空へ持ち込んでいるのは、ティーチャに違いない。空冷エンジンだから、低いところが好きなのだ。機体ははっきりとは見えなかった。

とにかく、近づく方向へ飛ぶ。

エンジンが静かに唸っている。

メータを確認。

右下の雲の中から、一機上がってくる。散香ではない。

双胴だった。続いて、もう一機。

散香だ。比嘉澤か。

エンジンをハイ。右に倒して、下りていく。

誰か撃った。

一機、上から来る。

どこにいたのだ。

左へ反転。

横で相手を確かめながら、フル・スロットルで引っ張る。

ラダーを切った。

残念ながら、機首がそちらへ向くほど、遅くはなかった。
もう一度、相手が撃つ。
そのまえに、ダウンで逃げる。
すれ違った。
危ない危ない。
その相手は、そのまま、比嘉澤の方へ突っ込んでいく。
もともと、そちらを狙っていたのか。
よし、待ってろ。
右へターン。
増槽を捨てる。
フラップを引き込んで、全力で加速。
エンジンが吹き上がり、ごうごうと唸った。
一機が上でターンしている。
比嘉澤は雲の中へ入った。
さっきの一機は、また見えなくなる。
こういう見通しの悪い場所は、好きじゃない。
旋回しながら上昇。上の奴に決めた。

相手もバンクに入れた。
スロットルを押し上げる。
ラダーで機体を少し斜めにして確認。
すぐに戻す。
さらに下に、もう一機。散香か双胴か確認できない。
エンジンが一度息をつく。
メータで油圧を見た。
じわじわとスロットルを絞る。
速度はあちらの方が速い。
しかし、速くなるほど、遠心力がかかる。
エレベータも少し引く。力が必要だった。
躰が痛くなる。
でも、バンクをさらに強める。
翼がほとんど垂直になった。
エレベータ・アップ。
息ができなくなる。
さらに、アップ。

内側へ入っていく。
今なら、奴は外側へ逃げられる、というポイントを過ぎた。
僕の散香が後ろにつく。
射程に入る。
まだ撃たない。
相手は左右に逃げようとする。
ロールが遅い。
距離をさらに詰める。
さようなら。
撃つ。
離脱。
反転して、下を向く。
一機上がってくる。散香だ。
もう一機は、見えない。
僕が撃った奴は派手に火を噴いて、高度を下げていった。
しばらく真っ直ぐに飛んで、やがて、堪《こら》えきれずに横転した。
ヒラメのようにひらひらと墜ちていく。

上がってきたのは、比嘉澤だった。

上を確認。

高度を上げていく。

ときどき、背面に入れて、下も確認した。

飛んでいるものは見えない。

もう終わったのか。

僕が二機、ティーチャが二機。栗田と比嘉澤が一機ずつ。六機とも墜としたとしたら、完勝ではないか。

「ブーメラン、飛んでるか?」ティーチャの声が無線で入る。

「ティーチャ、こちら二機で待機中」僕の声は弾んでいた。

「こっちも二機だ。被害は?」

「なし」僕は答える。

「こちらクリスマス。B5。フロリダが雨」比嘉澤の声が入った。

クリスマスは、彼女のコードネーム。B5は、何かわからなかったので、コクピットの横にテープで貼り付けたコピィを見た。「一部に被弾」の意味だ。フロリダが雨は、緊急着陸を要請するコードだった。

僕はびっくりして、比嘉澤の散香へ近づいた。普通に水平飛行をしているから、大丈夫だと思っていたのだ。

近づいてみると、たしかに前部と主翼に被弾の跡が確認できた。

「ブーメラン、そちらはX二・三一、Y〇・五七へ降りろ。こちらは、C77だ」

それが一番近い基地らしい。ティーチャと栗田は、二機で基地へ戻るようだ。たぶん、増槽を捨てたから、翠芽では大回りができないからだろう。

慌てて、地図を広げて確認。

「クリスマス。Z8の周波数に」

「了解」比嘉澤は答える。

無線を目的の基地の使用周波数に変える。

彼女の散香に近づき、キャノピィを見た。

向こうもこちらを見て、手を振っていた。大丈夫そうだ。

指で下を示して、僕は高度を下げていく。

彼女もついてきた。

どこをやられたのだろう。おそらく、油圧が下がっている。あるいは、燃料系だろうか。

なんとかもってほしい、と思う。

僕たちは雲の中へ沈んでいった。

7

下の天気も悪くなかった。

前方の雲が赤い。

下半分は真っ黒な森林。

ときどき、川や細い道が姿を見せ、すぐに消える。

二十分ほど飛んで、安全領域に入った。基地とも連絡がつき、座標の確認をする。天候風向きとも良好。あと十分ほどの距離だ。

「被害はどこ？」無線の制限が解除されたので、出力を最低に絞って、真っさきにその質問をした。

しばらく返事がなかったが、向こうも無線の調整をしているのだろう。

「後方から撃たれて、主翼と、胴体の一部に被弾」比嘉澤の声が聞こえてきた。「あぁ、ホント、どうかしてた」彼女の舌打ちが聞こえる。「こんなへまをするなんて、みっともない」

「コントロールは？」

「フラップが片効きになって、使えない。あとは、うーん、わからない。油圧はまあまあ、今のところは大丈夫かな」

「大丈夫大丈夫」僕は言った。「フラップなんていらないよ。爆弾積んでるわけじゃなし。するっと滑り込んでみせて」

「脚が出るかしら」

「大丈夫だってば」

高度を少しずつ下げていく。滑走路はまだ見えない。少し離れたところに、小さな町が見えた。道路に車が走っている。地上で生活している人間には、僕たちが遊んでいるみたいに見えるだろう。事実、そのとおりかもしれない。

僕は比嘉澤の散香をずっと見ていた。

キャノピィがオレンジ色の夕日を反射している。

主翼は両側で折れて、鳥の翼に似た形をしている。

美しい機体だ。

「クサナギさん、あと……、どれくらい?」

名前を呼ばれたので、驚いた。

「もうちょっとだよ」

「ああ……、駄目かも」

「何が?」

少し前に出て、彼女の真横についた。

キャノピィは光っているから、中はよく見えない。

「どうした？　何が駄目なの？」

反対側へ回ろうかと思ったとき、比嘉澤の散香が少し左に傾いた。滑るように、そちらへ下がっていく。

「おい！　何やってる？　そっちじゃない」

しかし、戻らなかった。

僕は前方を確かめる。滑走路のライトが小さく見えた。

あと、二キロか三キロだ。

高度は五百メートル。

比嘉澤はもう百は下がった。

「クリスマス！　クリスマス！」

僕はそちらへ、翼を倒す。

彼女の機体を追いかける。

「どうした？」

返事がない。

三百まで下がった。危険高度だ。

「メーデー、メーデー」僕は出力を上げる。「こちら、ブーメラン、手前約二キロにいる。一機が降下している」

「了解。既に見えている。クリスマス、どうした?」

さらに下がった。

下は田園が広がっている。

真っ直ぐの細い道路があった。

白い小さな建物も、幾つか見える。

僕は彼女のすぐ横について飛ぶ。

「ヒガサワ!」叫んだ。

地面が近づいてくる。

斜めになったままだ。

「引け! アップ!」

散香は、地面に吸い込まれていった。

主翼から接地し、そのまま回転。

機首を地面につき、さらに回転。

翼が折れる。

あっという間に、後ろになった。

僕は低空でターンする。

「ヒガサワ！　聞こえるか？」

粉塵が上がっていた。

機体は反対向きになって、泥の中に埋まっている。

煙は上がっていない。

「今、降りた」僕は報告する。「早く来て！」

「了解。既にそちらへ向かっている」

「大丈夫、そんなに酷《ひど》くない」僕は言った。「燃えてないし、下は軟らかそうだ。でも、早く！」

「ブーメラン、着陸を続行するか？」

「不時着位置を確認したか？」

「確認している。ブーメラン、着陸を続行するか？」

「着陸する」

「進入コースを確認しろ」

僕は、田園に墜ちた散香を中心に最後のターンをして、基地へ向かった。

8

滑走路に降り、待機エリアへタキシングしていくと、一台のジープが近づいてきた。僕はキャノピィを押し上げ、エンジンを止めた。ブレーキをかけて急停止。急いでベルトを外し、機外へ出る。主翼から飛び降りた。

ジープを運転していたのは、汚れたブルーのツナギを着たメガネの男だった。僕が助手席に乗ると、車はまた走りだす。

滑走路を横に見ながら走り続ける。低い丸屋根の格納庫が点々と見えた。この基地は僕は初めてだった。戦闘機がどれくらいいるのかわからない。そういったことは、尋ねてはいけないルールだ。僕は黙っていた。

運転している男も無言だった。こういうとき、言葉を聞かずにすむことは、せめてもの幸いだと思う。もちろん、この世界に長くいれば、何度も身をもって感じるところで、誰だって無口になる。

滑走路の端に用水があった。そこを小さな橋で渡る。草原がしばらく続き、やがて、鉄《てっ》柵《さく》が近づいてきた。そこにも、ジープが三台駐車されていた。トラックも見えた。門番がゲートを開けてくれる。ジープは加速して、田園を真っ直ぐに横切る道路へ出ていった。

小さな民家が近くに一軒見える。太陽はもう沈んでいたけれど、まだライトが必要な暗さではなかった。でも、道路脇の電柱のライトは薄く光り始めていた。

ずっと離れたところに道路がある。ときどき大型の車が走っていた。上からも見えた道だ。建物は、その道路の向こう側に数軒。既にライトをつけている看板もあった。僕たちが走る道の両側はずっと田園。小さな水路を数回渡った。水門もあった。働いている人はいない。もう収穫は終わったあとだろう。

地上を走ると、ずいぶん距離があることがわかった。なかなか見えてこない。

僕は、自分の気持ちを既に鎮《しず》めていた。最悪のことも考えていた。確認をしたあと、また滑走路へ戻って、今夜のうちに基地へ帰ることになる。そこで、合田やティーチャに報告しなければならない。

比嘉澤のことは、あまり考えないことにした。でも少しだけれど、昨夜の彼女の顔を思い出した。最初の印象よりも、素直な人格で、真面目で、そして才能もある、と僕は思う。どうして、そういうふうに評価を固定しようとしてしまうのか、自分でも変だと思った。

ようやく、現場が見えてくる。

道路に車が五台ほど停まっていた。黄色のランプを点滅させている。人間が三十人近く集まっているようだった。向こうの道路の方にも車が並んでいるから、一般人が、墜落を見物にきたのだろう。

田園の低いところに、飛行機の残骸が、点々と離れていた。機首だけが、一番手前に。主翼とエンジン部は少し離れていた。いずれも土の中に半分近くめり込んでいる。白い消火剤のせいで、ほとんど真っ白といって良い。そこだけが窪《くぼ》んで、周囲の土が盛り上がっている。

空から見たときよりも、ずっと酷い状況だった。もう、この散香は、バージョンアップの改造を受けることはないだろう。このままスクラップだ。

ジープが停まったので、僕は飛び降りて、畦道《あぜみち》を走った。

低いところへ下りて、軟らかい土の上を進んだ。

畦道の上に並んでいる大勢の人間たち。

飛行機の近くにいるのは十人くらいだった。

もちろん、僕は彼女を捜した。

それは、既に担架に乗せられている。

ベルトでしっかりと固定されていた。

動かない。

薄いブルーのシートが顔にかけられている。

片手が見えた。

黒く焦げているようだった。

僕はシートを捲《めく》って、彼女の顔を見た。

消火剤で、髪が真っ白になっていた。

眠っているようだった。

僕は溜息をついた。

男が一人近づいてくる。そこにいる中で、制服を着ている唯一の人間だった。僕は立ち上がって彼に敬礼をした。

「クサナギといいます」僕は名乗る。

「知っている。私は、ホンダだ」

「残念です」

「墜ちて死んだのではない」彼は静かに言った。

飛んでいるうちに死んだのだとしたら、それは少しだけ嬉しかった。

ブルーのシートを僕は戻す。

「ここまで戻ったことは立派だ」本田が呟いた。

「はい」僕は頷く。

立派だと思う。

本当に。

怪我のことを、僕に言わなかったのも、立派だ。

馬鹿野郎。

格好つけてるから……。

一番近くの道路へ、救急車がバックで入ってくる。

ツナギの男たちが担架を運ぶために近づいてきた。僕は後ろへ下がった。彼女は軽々と持ち上げられて、畦道を上っていった。

見物人が取り囲むように、それを眺めている。

僕は空を見た。

まだ少しだけ赤い。

もう、半分は夜の色だ。

「可哀相に……」と誰かが言った。

僕は一度、自分の靴を見た。泥の中に、僕は立っている。

比嘉澤の顔は汚れていなかった。

可哀相なんかじゃない。

綺麗だった。

僕の靴よりも、誰の靴よりも、ずっと綺麗だ。

畦道を上っていき、救急車の方へ近づく。

できるだけ、彼女が見えないように、僕は見物人との間に立った。

「可哀相」また誰かが言った。

溜息を一つ。

「可哀相じゃない！」振り返って僕は大声で叫んだ。

彼らの方へ僕は近づく。全員がさっと後退する。

「馬鹿野郎！　帰れ！　とっとと帰れ！」

本田が僕の前に立った。

無言で、僕を睨んでいる。

僕は、小さく頷いて、目を瞑った。

約三秒。

そして、離脱。

息をゆっくりと吐きながら、もう救急車を見ないで、泥の中へ下りて、まっすぐに歩いていった。

そのまま立ち去りたかった。

ここから。

飛べたら良いのに、と思った。

誰もいない空へ。

9

飛行機に戻ったときには、もう気持ちを切り換えていた。燃料を補給してもらい、僕は飛び立った。辺りはすっかり暗くなっていたけれど、雲の上にはまだ、仄かな明るさが残っていて、大きな月も上ってきた。

チームの同僚が消えてしまうことは、もちろん日常茶飯事だ。撃たれて墜ちていくのも、転属で遠くへ行くことも、僕の近くから消えてしまうという意味では同じ。僕にとっては同じこと。差はない。一度だけ会って、二度と会わない人間なんて、いくらでもいる。

ただ、ときどき、惜しい、と思うだけだ。

あれだけの才能、あれだけの蓄積が、消えてしまうことが。

少なくとも、可哀相ではない。

それは、全然違う。

絶対に違う。

彼女は同情なんか欲しくないはず。

もっと褒《ほ》め称《たた》えるべきではないのか？

もっと羨ましい対象ではないのか？

何が間違っているのだろう?

基地に降りたときには、海底のように、もう真っ暗だった。滑走路でUターンし、格納庫へ向かってどろどろとタキシングしていく。シャッタの前で笹倉が待っていた。

彼が、散香を仕舞うのを、僕は煙草を吸いながら眺めていた。

「飯は?」途中で笹倉がきいた。

「まだ」僕は答える。

「どこかで食ってきたのかと思ったよ」

「あっちの基地じゃあ、出なかった」僕は言った。

煙草を踏みつけ、僕は歩きだす。事務棟へ向かった。ロビィを入ると、奥の食堂が明るかったけれど、誰もいなかった。階段を上がって、合田のオフィスのドアをノックした。

「ああ、待っていたよ」デスクで合田が立ち上がった。

ソファに座り、僕は報告をした。淡々と、事実をシーケンシャルに話した。まるで夢を見ている感じ。夢の話をしているのか、それとも、今が夢なのか、判然としなかった。

合田の後ろのデスク、その後ろの窓枠、そして、そのガラスに反射した照明を、ぼんやりと眺めている自分を感じる。天体を観測する望遠鏡のように、僕は僕を遠くに感じている。

「ご苦労だった」合田が最後に言った。「ティーチャが、君と話がしたいと言っていた」

「え？」僕は驚いた。彼の顔に焦点を合わせる。

「あとで、彼の部屋へ行くように」

「わかりました」

きっと叱られるのだ、と直感した。

なんとなく、そう感じた。

合田は怒らなかった。冷静になって考えてみたら、僕に責任はない。だから、これは当然なのに……。どうして、そんなふうに考えたのだろうか。

もっともっと比嘉澤に散香の扱い方を教えるべきだったのではないか。僕の指導が不足していたのではないか。否、そんなことはないだろう。言葉で話せることはすべて伝えたし、僕が隠し持っているものなんてなにもない。

建物から出るまえに、食堂を覗いてみた。カウンタの中にもライトが残っていて、近づくと老婆が一人座っている。

「ああ、あんた」僕の顔を見て、彼女は立ち上がり、近づいてきた。「食べるかい？」

「いいえ、ごめんなさい」僕はできるかぎり微笑んだ。

「おやおや、しおらしいじゃない」老婆も笑った。なかなか良い笑顔だ。少しだけ元気が出た。「どうしたんだい？」

「いいえ、べつに」

宿舎まで歩いて、階段を上がった。その階段を上るのは初めてだった。二階の一番奥の部屋だ。二階の他の部屋はどれも空き部屋のようだった。名札もなく、明かりも灯っていない。

「元気を出しな」

突き当たりのドアをノックして、待った。

内側に開く。ティーチャが立っていた。彼は一歩内側へ退き、僕を招き入れた。

僕の部屋よりも狭い。窓際にベッド。デスクには本が何冊ものっていた。床にも本が沢山積まれている。彼はベッドに腰掛け、デスクの椅子を僕にすすめた。

僕は、ティーチャたちと別れたあとのことを話した。合田に報告した内容と同じだった。比嘉澤に関する正式な報告はまだ届いていない。だから、本田から聞いたままの情報を、そのままティーチャに伝えた。

彼は煙草を取り出して、火をつけた。

立ち上がり、窓際にあった小さなテーブルを僕の前まで持ってきて置いた。それから、デスクの上の本の下から、灰皿を見つけ出して、それもそのテーブルに置いた。もう煙草がいっぱいだった。人間の死体みたいにいっぱいだった。

「吸いたかったら、吸いな」彼は小声で言った。片手を後ろに伸ばし、ベッドの上で天井を向いて煙を吐いた。ぶら下がっている蛍光灯を煙で隠そうとしているようだった。

「機体は酷く破損していて、どこをどう撃たれたのか、すぐにわかる状況ではありませんでした。僕が行ったときにはもう、消火剤に包まれていましたし」

「報告は、あとから来るだろう」

「そのあとは、飛行機へ戻って、すぐに飛び立ちました。以上です」僕はそれで報告を終える。

「ありがとう」

僕はポケットから煙草を取り出して、火をつけた。

「俺の責任だ、と思うか？」彼は言った。

「え？」僕は首を傾げる。「いいえ、まさか、そんなことは」

「しかし、もう少し早く駆けつけていたら、間に合ったかもしれない」

「それは、自分もです」

「お前の場所は遠かった。こちらの方が近い」

「最初に、彼女のところへ二機が向かった時点で、判断をすべきでした。ティーチャは、最初から相手が二機だった。自分は一機でした。したがって、責任があるとすれば、それは僕にあります」

「数の問題ではない。それに……、責任がどこにあったって、しかたがない」

「はい、そのとおりです」

「何故、戦っている?」

「は?」

「どうして、辞めない?」

「いえ……」僕は顎を引いて、彼をじっと見据えた。「飛ぶことが、好きだからです」

「飛ぶだけならば、いくらでも他の道がある」

「自由に飛びたいからです」

「自由に飛べるか?」

「はい」僕は頷いた。「戦っているときは、自由です。どこを飛んでも良い。自分の思うとおりに飛べます」

「そう思うか? 単に弾の間をかいくぐっているだけじゃないか? 相手に撃ち込むために無理をして、ぎりぎりを飛んでいるんじゃないか?」

「あの……」僕は座り直した。「では、ティーチャは何故戦っているのですか?」

「わからない」彼は小さく首をふった。

「わからない?」

「ああ、わからない。辞めようと思っても、何故か辞められない。たぶん、そういう病気なんだな」

「病気ってことは……」

「普通じゃない。異常だ」

「そんなことはないと思います」

「どうして?」

「戦う理由があるから、これだけ大勢が、これだけのエネルギィを使って、準備をして、苦労をして、命をかけているのです」

「うん、それを黙って認めている連中もいる」

「意味がなかったら、それこそ、墜ちていった人たちが、可哀相です」

「うん」ティーチャは頷いた。

沈黙。

煙草の煙が二人の間に漂った。

「お前は、俺が知っているうちでもナンバ・ワンだ。今に俺よりも、きっと上になる」ティーチャは言った。「命を粗末にするな。もし迷いが少しでもあったら、飛ぶな。すぐにこんな仕事から足を洗うんだ」

「迷いなんてありません。僕は……」テーブルの灰皿で煙草を揉み消した。「あなたを尊敬しています。どうか、その……、そんな、話はしないで下さい」

「どんな話だ?」

「つまり、その、そんな、消極的なというか、その……、後ろ向きな……」

「これが後ろ向きに思えるか？　俺は、お前が考えているような男じゃない。そうやって、なにかをでっち上げて、夢を膨らませて、見ているんだろうな」

彼はそこで、口を斜めにして笑った。

「今からだって、街へ出かけて、女を抱こうと考えている。仲間が死んだってのに、この様《ざま》だ」彼は鼻息をもらして笑った。「さあ、もう終わりにしよう」

僕は黙って立ち上がり、頭を下げ、その部屋を出た。

通路を歩くとき、躰が浮き上がりそうになった。

肩が壁に触れ、片手をついて、躰を支えた。

蹌踉《よろ》めいている。

尾翼が吹っ飛んだ飛行機みたいに。

外に出る。どこか座る場所を探した。

立っていられない。駐車場の端の縁石に腰掛け、溜息をつく。

苦しい。

何が？

わからない。

とにかく、なにかが重かった。

常夜灯は遠く、自分の周辺だけが闇の中に沈んでいた。
足が地面に届いているかどうか、わからなかった。
何だろう?
この不安定さは、どこから来たものか。
もちろん、僕の外側からではない。
スタビライザを失った、そのきっかけを、僕は探している。
そいつを探し出して、一刻も早く撃ち墜とす必要があった。
それは、比嘉澤の寝顔ではない。
ティーチャの褒め言葉でもない。
違う、違う、と誰かが叫ぶ。
違う、違う、と首をふっていた。
どういうわけか、鼓動が速くなり、息がますます苦しくなった。
地上にいるのに、興奮している。
僕はゆっくりと空を見上げる。
わざと躰をゆっくりと動かしている。
まばらな星、薄い雲。
月は宿舎の屋根に隠れている。そちらが、霞むように明るい。

鼓動が速い。
低く唸るエンジン。
思考が次々と切り換わる。
空気を切るプロペラ。
機体を傾け、相手の軌跡を追っているとき、あのときと同じ興奮だ。
何だろう?
わからない。
笹倉に会いにいこうか、と思って一度立ち上がった。
でも、もう一度座り直す。
喉のところまで上がってきたものが、そこで止まっている。
このために、息が少し苦しいのか。
締めつけられる思いがした。
自分の首に両手を当てて、押してみる。
息を吸って、そして吐く。
もう少し首を押して、試してみる。
繰り返した。
何故こんなに抵抗を感じるのだろう。

これはつまり、生きていくこと、地上で生きていくことに対する抵抗だろうか。どうして、飛んだままではいられないのだろう。今すぐに格納庫へ行き、散香に乗って飛び立とうか。そのまま、どこまでも飛んでいってしまおうか。燃料が続くかぎり。

だけど、最後には、墜ちる。

海の上へ。

そして、沈んでいく。

周りには、真っ黒な海水。

空気はない。

苦しい。

空には、空気がある。

だから、飛んでいる間に、死ねたら良い、比嘉澤のように。

墜ちていくのは、躰だけだ。

きっと、気持ちは、心は、空に残れるだろう。

心は、空気と同じ軽さのはず。

残れるだろう、きっと。

宿舎のドアが開く音。

人影が動き、駐車場の方へ歩いてきた。

僕の方へ来る。

僕が見えるはずはない。

一台の車の前に立ち、そのドアの鍵を開けた。

僕は静かに立ち上がり、そちらへ歩いた。

セルモータが回って、エンジンが吹き上がる。

助手席のドアに手をかけ、僕はそれを開けた。

中へ乗り込んだ。

運転席の男が、僕の方を見る。

黙っていた。

僕も黙っていた。

十秒。

エンジンのアイドリング。

カムの運動。

ベルトの伝達。

このエンジンが止まってしまえば良いのに、と考えたか、それとも、早く吹き上がって、僕を連れていってくれ、と考えたか、それとも、もっと全然別のことを考えたか。

ただ、フロントガラスの向こうに見える暗闇が、雲の上の空とはまるで別世界で、こんな恐ろしいところからは早く抜け出したい、と願った。

十字を切る手を想像した。

車は離陸するように、静かにスタートした。

10

ずっと僕は黙っていた。

しゃべれなかったのだ。

喉に上がってくる言葉は少ない。それは、「どこへも行かないでほしい」という内容の繰返しだったけれど、どれも声になるまえに割れてしまった。

運転しているティーチャの横顔を、ときどき覗き見た。

これが飛行機だったら、どんなに良かっただろう。

ヘッドライトに照らされた道が、雲の上だったら、良いのに。

そればかりを想像していた。

もし、これが飛行機なら……、
どこへでも連れていってほしかった。

このままもう、帰る必要などない。

ずっと、ずっと飛んでいたかった。
でも、
ごろごろと転がるタイヤの音が、僕を沈殿させる。
何度も何度も何度も、自分はまだ生きていて。
そして、ここは空の底。
地上を這っている。
僕はパイロット。
死にそうで。
隣にいるのが、撃墜王と呼ばれている天才。
車に乗っているのは、男と女で。
行き先がどこなのかわからないけれど、
所詮それは地上のどこか。
きっと汚れた場所だ。
今は夜。道は暗い。ライトは遠くへ届かない。
草原から飛び出した虫たちが、
フロントガラスにぶつかって潰れて、
ヒータが少し熱くて、僕の躰は少し汗をかいていて、

こんな生暖かい空気しかないなんて、
喉の苦しさを、でも、ときどき忘れて、
ラジオの小さな音、ブルースか、ロックか、
どちらつかずのリズムに嫌々支配されているような、
それでも、黙っている自分。
続く。
どこまでも。
嫌々、続く。
いつまでも。
到着したのは、山の中。古い屋敷のような。
車を降りると、冷たい空気が、多少は気持ち良かった。
大きなドアが開き、吹き抜けのホール。
長いスカートの女が一人。ティーチャにねっとりと微笑んだ。
「あら」彼女は、僕の顔を見る。「お連れさん？」
白い髪のフーコだった。
僕は黙っていた。
彼女は、まったく覚えていないようだ。そういう振りをしているだけかもしれない。そ

れとも、フーコじゃないのかもしれない。

「何なの？　恐い顔をして」フーコは笑った。

ティーチャはなにも言わなかった。階段を上がっていく。絨毯《じゅうたん》が纏いついた軟らかい階段。誰かがこぼしたアルコールが染みついていそうな、もうすっかり諦めた絨毯。

重そうなドアを開けて、部屋の中に入った。

ティーチャは上着を脱いで、煙草を口にくわえて、窓の側にあった椅子に腰掛ける。

僕は部屋の真ん中に突っ立ったまま。

そこしか立つ場所はなかった。右には、壁際に書棚、デスク、そして笠のあるスタンド、キャビネット、左には、大きなベッド、サイドテーブル、それだけ。

「で、どうする？」ティーチャがきいた。

暗い。

煙草に火をつけるときだけ、下を向いた彼の顔が見えた。

それだけ。

「恐い顔をしている？」僕は声を出してみた。上手く声になったようだ。

「顔は見えない」彼は答えた。

「どうして、こんなに暗いのかな」

「ライトをつけようか？」

「いえ、このままでいい」

ティーチャの吸う煙草の赤い光を見ていた。

赤い。

それだけ。

「俺が煙草を吸い終わるまでに、決めてもらいたいのだが、もうすぐ、さっきの女が、この部屋へ来る」

「フーコ？」

「そう、フーコだ。彼女が来たら、出ていってくれ」ティーチャは言った。

「どうして？」

「さあね」少し笑った声。

鍾乳洞の蝙蝠《こうもり》になった気分が一瞬。

それとも、僕の躰から溶け出した石灰のせいか。

足がとても動かせないような気がした。

「出ていきたくない」

「それは、お前の勝手だが……。だったら、俺が他の部屋へ行こうか？」

「ごめんなさい」僕はすぐに謝った。「怒らないで。お願い」

「怒ってなんかいない」

僕は、ドアへ行き、そこを開けて外に出た。

そこは、明るい。

でも曇っている。

通路に、フーコが立っていた。

少し離れたところに、さらに三人いる。全員女。

「どうなったの？」フーコが笑ってきいた。

「あの、お願いですから、この部屋には入らないで下さい」僕は言った。「どうかお願いします」

「で？」フーコの目が丸くなり、その顔がゆっくりと、僅かに傾いた。

僕は黙って頷き、フーコの口が少し笑う形。

そのままバック。

振り返り、ドアを開けて、
また暗い部屋の中へ入る。

ティーチャはベッドにいた。煙草をまだ吸っている。

僕は急いで上着を脱いだ。

それから、シャツのボタンを外した。

加速度を感じ、息が苦しくなる。
チェックするメータは見えなかった。
捨てるべき増槽もない。

episode 4: turn

第4話 ターン

巨大な鳥があの偉大なチェチェロの尾根で最初の飛翔《ひしょう》をおこなうであろう。そして宇宙を驚嘆で満《み》たし、あらゆる書をその名声で満たすであろう。かれの生れし古巣に永遠の光栄あれ。

I

比嘉澤の代わりに、栗田の散香が改造を受けた。その後、新型の散香がもう一機、基地へやってきた。これには、薬田が乗ることになった。パイロットの補充はない。その後、大きなプロジェクトもなかった。

ティーチャは出張で不在のことが多くなり、彼と一緒に飛ぶ機会もあれ以来一度もなかった。偵察任務のときは、僕と栗田の二機、護衛任務などでもう一機必要なときは、薬田が加わった。いずれの場合も、僕がリーダだった。

笹倉は、エンジンの改造に余念がない。整備をしているとき以外は、ずっとなにかの実験をしている様子だった。地上でできる実験は、しかし知れている。最終的には、どうしても実機で試す必要があるだろう。そうなったときに、どうするつもりなのか。僕は彼の実験台になるのはご免だ。だから、熱心に説明したがる彼に、あまりつき合わないようにしなければならなかった。そういう防御をする冷めた自分が、急に現れた双子の片割れみたいだ。とにかくそんなわけで、格納庫へ足を運ぶことも、以前よりも減っていた。

食堂の老婆は、僕のために少しずつ量を減らしてくれたけれど、それでも、僕はいつも全部を食べられなかった。しかし、体調は悪くない。

天気の良い非番の時間は、格納庫の前を通り過ぎ、滑走路の端を回って、反対側の堤防まで歩いていった。ここへ来たばかりの頃に、ティーチャと話をした場所。彼が寝ていた同じ場所に、僕は腰を下ろす。そこで、鳥が飛ぶところを飽きるまで眺めていた。

ティーチャはもちろん来ない。誰も来ない。

一時間くらいそこで過ごして、また戻っていく。戻っていくときには、新しい飛び方のパターンを頭の中で繰り返していた。今度、機会があったら試してみよう、と考える。そういうアイデアが、最終的にどうなるのか、僕はよくわからない。実際に戦っているときに、そんなことを思い出す暇はないからだ。けれど、あとあとになってよく思い出してみると、知らないうちに新しいパターンが採用されていたり、それに近いものが応用されていることが多かった。だから、ちゃんと取り入れているのだ。

なにも起こらない淡々とした時間が一カ月ほど流れた。

僕が一番話をする相手は、栗田という男になった。といっても、この男はとても無口で、簡単な受け答えしかしない。そこが面白かった。それに、僕が相手をしなくなった笹倉が、この頃は栗田を摑まえては説明を始める、という場面に多く出会った。それだから、栗田には、今笹倉が何をしているのか、という話題を持ちかけることができたのだ。彼のフィルタを通して聞くと、実害もない。僕としては理想的なコミュニケーションといえる。

ティーチャは、まったく相変わらずで、数回だけ、翠芽の連中とチームを組んで飛んでいったようだ。僕は、もう彼と組むことはなかった。

その後も、さらに二機、散香が増えて、翠芽は予備機になった。散香のチームを僕がまとめ、翠芽のチームをティーチャが受け持っている形だ。

ティーチャと二人だけで話す機会はなかった。基地の中ですれ違っても、なんの抵抗もなく、行き過ぎることができる。それは、考えてみれば不思議なことだけれど、でも、戦闘機乗りには、本来そんな身軽さが備わっているのではないだろうか、と僕は考えた、人ごとのように。

そもそも、あの夜、自分がとった行動が、僕は今でも理解できない。だけど、まったく後悔もない。あの場では、ああいった飛び方しかなかったはずだ。どんなときでも必ず、最適のルートを僕たちは飛ぶ。飛ぶという行為自体が、そういう意味なのだ。すべてがちょうど釣り合った、最適のところに、結果としてルートが現れるだけのこと。速すぎれば大きく回り、遅すぎれば落ちていく、というだけのこと。

二度と、同じことをしようとは考えなかったけれど、しかし、思い出すことはたしかに何度かあった。

そして……、

それはやはり、眠っている比嘉澤の顔に重なった。

もしかして、ティーチャのベッドに入っていったのは、比嘉澤だったのではないだろうか。僕の躰に、彼女が乗っていたのだ。

あれは、彼女の最後のフライトだったのではないだろうか。

それから、僕は一人で海上訓練のプログラムに参加するため、二週間出張で基地を離れた。これは、自由応募で申し込んだものが当たったのだ。

訓練用の空母に乗り込み、知らない連中と毎日研修をこなす日々。飛んでしまえば同じだ。違うのは、飛び立つときと降りるときだけ。その一瞬。

それに、どちらかというと、実技よりも講義の方が多かった。酷い睡魔と戦いながら、スライドを見つめていなければならなかった。辺りを見回さなくても良い、という環境が、圧倒的な退屈さに膨らんで、きっと眠気を誘うのだと思う。

そのプログラムのとき、艦上に一機のヘリコプタが着陸して、男が一人降りてきた。そのあと、僕は艦長室へ呼び出され、その男と面会した。本部情報部の人間だと言ったけれど、名乗らなかった。制服を着ていて、歳が若いのに、階級は艦長よりも上だった。

「ティーチャのことについて、君にききたいことがある」

僕は椅子に座っていた。艦長は退席し、僕たち二人しかいない。

「彼の行動で、なにか不審な点に気づいたことがないかね?」

「不審なというのは、どういったことでしょうか?」僕はきき返す。

「たとえば、定期的に、どこかへ出かける。あるいは、なにかを調べている。誰かがよく訪ねてくる」

「すみません。どうして、自分が質問されているのか、お尋ねしても良いですか?」

「私は、君に質問をするために来た。君から質問を受けるために来たのではない」

じっと、冷たい視線で僕を見据える。

「申し訳ありません」僕は視線を逸らし、自分の膝を見た。「特に、ティーチャと親しいわけではないので、そういったことで、自分が気づいたことはありません」

「誰が、彼と親しい?」

「さあ……、誰とも、あまり親しくないように見受けられますが」

「ゴーダによれば、君が一番、彼のことを知っているだろう、という話だった。可愛がられている、と聞いたが」

「彼は、そういう人ではありません。可愛がられるなんて、とんでもない。教えてもらおうと思っても、そういう話をしてくれることは滅多にありません」

「ときどきはあるのかね?」

「はい、本当に少ない機会ですが」

「彼と一緒に、どこかへ出かけたことは？」

「ありません」僕は即答した。

「一度も？」

「はい」

「わかった」男は頷いた。「ありがとう。これだけだ。私と会ったこと、彼について質問されたこと、すべて他言しないように。君は、我が社にとって、将来有望な人材だと聞いている。期待に応えてもらいたい」

彼は立ち上がって片手を出した。僕も椅子から立ち上がり、テーブル越しに握手をした。

そのあと、僕は船内の自分の部屋へ戻った。個室はとても狭い。丸い小さな窓からは、いつも海と空が半分ずつ見えた。人とおしゃべりをする時間もなく、一人でいられることは、僕には苦痛ではなかった。むしろその逆だ。

空母の発着には、プッシャの散香と、双発の中型機を使った。散香の場合はなんの苦もない。しかし、双発の方は、図体がでかいし、ちょっとやっかいだった。びっくりするほど重い。しかも、コクピットの中に、もう一人乗り込んで、そいつが横であれこれ指示をする。これが僕には、一番苦痛だった。空に上がったときに、人間がすぐ近くにいることに慣れていなかったせいかもしれない。空という場所は、一人だけでいられるところだと思い込んでいた。考えてみたら、爆撃機に乗り込んでいる連中なんかは、ずっと何人も一緒なのだ。そういう空があるということ自体、僕はすっかり忘れていた。それは、ベッドという場所が、いつも自分一人の場所だと信じていたのに似ている。一度でも、ベッドに自分以外の者がいる夜を体験すれば、もうベッドは今までとは違う場所になってしまう。朝、目覚めたとき、ふと横を見てしまう。そんなふうにして、いろいろな場所が、どんどん濁っていくのだな、と思った。

この研修も無事に終わって、僕は基地へ戻った。

笹倉が、どこからか今度はトラックを手に入れてきた。僕が帰った夜、そのトラックで、僕、笹倉、そして栗田の三人で、例の橋の横の店まで出かけた。ときどき小さな爆発音のする賑やかなエンジンだった。

店は静かで、客は他にいない。静かなのは、ジュークボックスが壊れたせいだ、とカウンタの男が説明した。まえと同じ白髪の老人だ。以前よりも元気がなかった。なんだか、もう死にかけているみたいに見えた。ジュークボックスのせいではないと思う。

僕たち三人の前にコーヒーとパイが並んだ頃、車が駐車場で停まる音がして、続いて甲高い笑い声が聞こえてきた。

ドアが開いて、女たちが入ってきた。三人だ。一番最後の女は黄色い帽子を被っていた。三人は、カウンタに近いテーブルの席に座ろうとしたが、途中で黄色い帽子の女が、僕をじっと見たまま止まった。僕も彼女を見て、気がついた。フーコだ。化粧がずいぶん違っているから、最初はわからなかった。

フーコは吹き出して、くすっと笑った。他の二人が、僕と彼女の顔を見比べている。こちらへやってくるかと思ったけれど、彼女はそのまま椅子に座り、僕から視線を逸らした。

「誰?」もう一人の女が尋ねている。

ひそひそ話を始めた。こちらをちらちらと窺っているが、しかし、もう笑ったりはしなかった。最低限のマナーだけは理解しているようだ。というよりも、そうすることが、彼女たちの仕事上、最低限必要なことだと知っているのだろう。

女たちはビールを飲み始める。笹倉はエンジンの話を始め、栗田がその聞き役だった。僕は黙って、ときどき女たちのテーブルから聞こえてくる声を耳に入れた。でも、もうそちらを見ることはなかった。

コーヒーもなくなったので、僕たちはその店を出て、トラックに乗り込んだ。そして、基地へ向かって走った。運転は笹倉がした。僕は、運転を代わってもらおうとは思わなかった。道路に女が寝ていそうな気がしたからだ。

トラックから降りたときには二十一時を回っていた。格納庫の方へ、笹倉と栗田は歩いていく。まだ話をする気のようだ。僕は彼らとは別れ、自分の部屋へ向かった。途中、ティーチャの部屋のある建物の前を通る。

二階の端の部屋に照明が灯っていた。窓にはカーテンが引かれている。あの夜以来、彼の部屋へは一度も行っていない。それどころか、ティーチャと話をしたことさえないのではないか? 思い出してみたけれど、思い当たらない。

僕は、彼から何を学んだだろう?

彼に会ってから、確かに僕はなにかを摑んだ、と思える。

けれど……、

彼のアドバイスとか、あるいは見様見真似でも良いけれど、なにかが直接的に役立った、といったことはなかった。

あるとすれば、一番最初に飛んだときの、捨て身のストールに対して、彼から釘をさされたことくらい。あれ以来、僕は同じ手は使っていない。僕の視野が狭い、と彼は言ったけれど、どうしたら視野が広くなるのか、わからない。きょろきょろと方々を素早く見回すことしか、僕にはできない。

他にもどこか、見るところがある?

それはどこだろう?

僕に見えないものは、どこにあるのだろう?

でも、

もしかしたら、それは、

僕が見たくないものかもしれない。

そんなことを考えているうちに、自分の部屋まで戻った。電気のスイッチを押し、ひっそりとした部屋を、ピクニックのビニルシートみたいに僕の前に広げた。上着を脱ぎ捨て、まず冷たいベッドに倒れ込んだ。久しぶりのベッドだったから、少し嬉しかった。

2

翌朝、合田に呼び出され、午後にまた本部から甲斐という女が来ると聞いた。僕と話をするために来る、ということだ。少し憂鬱になった。

事務棟を出て、格納庫へ向かう。ずっと散香を見ていないので、久しぶりにコクピットの中の掃除でもしようと思ったからだ。ところが、格納庫の手前まで来たとき、鈍い爆発音が響いた。

びっくりして、慌ててシャッタをくぐり、中を窺ったけれど、誰もいない。異常はなさそうだった。僕の散香には、シートが掛けられている。

もう一度外に出た。格納庫の裏に焼却炉がある。そこでなにかが爆発したのではないか、と考えて、格納庫の裏手へ回った。

近づくと、白い煙が辺りに立ち込めている。やはり焼却炉だと思ったら、そうではない。ゴーグルをかけた笹倉が咳き込みながら、近づいてきた。

「どうしたの?」僕は尋ねる。

「なんでもない」ゴーグルを頭に上げて、片手を口に、もう片手を団扇《うちわ》のように振りながら、彼は答える。

「この煙は?」

「大丈夫」

煙が薄くなると、格納庫の裏口のすぐ近くに見慣れないものが見えた。鋼鉄製のスタンドが組まれていて、その上になにか乗っている。スタンドの下には、タンクらしきプラスティック容器が置かれていた。そこからチューブが伸びていて、スタンドの上に固定されている機械へつながっているようだ。

「何なの、あれ」僕は笹倉にきく。

「もう、大丈夫だと思う」

「何が大丈夫なの?」

笹倉は再びゴーグルをかけて、そちらへ近づいていった。そして、タンクから延びている細いパイプを引き抜いた。

「近づいていい?」僕は質問する。

「うん、たぶん」笹倉はこちらを向いて頷いた。

やめておこうか、と思ったが、興味が勝って、僕は近づいた。スタンドに固定されているものは、回転するメカニズムで、コンプレッサのように見えた。黒く焦げている。きっと、実験をしていたのだろう。

「何をするもの。コンプレッサ?」

「まあね」

「わかった、吸気を圧縮する装置だろ?」

「それもするけどな」

「こんな大きなものをエンジンに取り付けるつもり?」僕は笑った。「もっともっと小さくしないと」

「違うよ。これ自体がエンジンなんだ」

「え?」

もう一度、そのメカニズムを見たが、まったく理解できない。きっと冗談だろう。もしかしたら、模型だろうか。小さなもので試しているのかもしれない。

笹倉は、難しい顔をして、工具を片手に、その機械と取り組み始めている。

「コクピットに入るよ」僕は言った。

「ああ」上の空で笹倉が答える。

彼のことは放っておいて、僕は格納庫の表へ回り、シャッタをくぐって中に入った。裏口から入っても来られるのだけれど、そうすると、笹倉の居住スペースを通らなくてはならないので、遠慮したのだ。

シートを慎重に取り除き、僕は散香のコクピットに入った。いつもの冷たさだった。頭の上で両腕を組んで、僕は目を瞑る。ここに座って目を瞑れば、たちまち空が見えてくるから不思議だ。機体の振動も躰に伝わってくる。

何度もその感触を確かめた。

楽しい。

一度外に出て、棚から綺麗なウエスを選んで持ってくる。コクピットの中に入って掃除をした。パネルやメータを拭いたり、風防の内側を擦った。もちろん、メカニズムの調整、オイル差し、簡単な掃除は整備工の仕事だから、埃やゴミがあるわけではない。僕は機体の中に、写真を貼ったり、文字を刻んだり、お守りを飾る習慣がないので、いたって綺麗なもの。これは、ティーチャのコクピットもそうらしい。沢山は知らないが、だいたい、爆撃機などは、お守りや魔除けの類《たぐい》が多いと聞く。そういうことを信じている奴が、戦闘機乗りには少ないのか、それとも、自分の腕を、神様よりも信じているということなのか。

もの音が聞こえたので、顔を上げて外を見た。格納庫に入ってきたのは、顔見知りの整備工だった。名前は知らない。

きょろきょろと辺りを見回し、ようやく僕が乗っていることに気づいた。

「ササクラさんは?」彼はきいた。

「裏で、わけのわからない実験をしてる」僕は答える。

「ああ、またですか」彼は苦笑した。「ゴーダさんにも睨まれているんですよね」

「そうなの？」

「でも、クサナギさんに言われてやっているって、言い訳しているみたいですよ」

「へえ」僕はリアクションに困った。

それくらいの言い訳は、まったくかまわない。笹倉のために、僕の名前が役に立つのなら、それは僕としても嬉しい状況だと思える。

その整備工は棚にあったトルク・レンチを摑んで、出ていった。

しばらく掃除をしたあと、僕は格納庫をあとにする。土手の方へ散歩に出かけることにした。

滑走路から三機の翠芽が次々に飛び立っていくところを眺め、そのあと、ずいぶん高いところを爆撃機が二機飛んでいくのが見えた。雲がない空っていうのは、物騒なものだ。

午後、事務棟の応接室で、甲斐に会った。彼女一人ではなく、もう二人、別の女性が一緒で、いずれも制服ではなく、一般人のようだった。一人は四十代か五十代、メガネをかけ、髪を後ろで結んでいた。教育関係の仕事をしている、と紹介された。もう一人は三十代で、放送局に勤務していると話した。僕は頭を下げた。

「我が社のエース・パイロットです」甲斐が言った。僕のことらしい。

「それは、女性の中では一番、という意味ですか?」若い方がきいてきた。

僕には答えられないことだったので、甲斐を見る。

「いえ、男女別に成績を集計しているわけではありません」甲斐が説明した。

「お仕事中に、お友達が亡くなった、というようなことがあるのでしょう?」年輩の女が優しい口調で言った。

「あります。最近では、つい一カ月ほどまえに、一緒に飛んでいた人が、亡くなりました」

「そう……、大変ですね」相手は目を細める。

「しかたがありません」僕は心にもないことを言った。

「女性としてのハンディは、なにかありますか?」若い方が尋ねる。

「ありません」僕は即答する。「体力的なものは僅かにあるかもしれませんが、体重が軽いことのメリットの方が大きいです」

「へえ、重さがそんなに影響するもの?」

「体重が二十キロ違えば、飛び方はまったく違います」

「男性でも、華奢《きゃしゃ》な人が多いのは、そのせいなのね」頷きながら女は言った。「あ、でも、そもそも、あなた方は、その、太らない体質だそうですね?」

「いいわよねえ」女たちは顔を見合わせて笑った。

僕は甲斐を一瞥した。彼女はまったくの無表情で僕を見据えていた。

十分ほど、質問が続いた。

どうして、飛行機に乗っているのか。

相手を撃ち墜とすことは快感か。

自分がいつか死ぬことを、覚悟しているのか。

どの質問も、思ってもみないことではなかった。何度も何度も自問したことだし、それに、答は見つからないものばかり。しかし、僕は、すべてに対して嘘で答えた。

飛行機に乗ることで役目を果たせるのは、幸せだと感じる。

相手があることは、どんな職業でも同じである。

これが自分の使命だと自覚している、と……。

この二人は部屋を出ていった。基地内を見学するということで、合田が通路の外で待っていて、彼女たちの案内役をするようだった。にこやかな表情を浮かべている合田が、一瞬だけ見えた。部屋には、甲斐と僕だけになる。

「ご苦労さま」甲斐は小声で言い、バッグから煙草を取り出した。それを僕の方へ振る。

「吸う?」

「いえ、けっこうです」

甲斐は、自分で一本をくわえ、ライタで火をつける。煙を横に吐き出した。

「頭に来た？」

僕は黙っていた。

「大丈夫。正直に言って」

「はい。少しですが」僕は頷いた。

「なかなか良かったと思う」甲斐は煙草を片手に頷いた。「ええ、よくコントロールされた、冷静な受け答えだった」

「ありがとうございます」僕は無表情のままで答える。

「あなたの、その向上心は、とても貴重なものだわ」

「自分には、向上心はありません」

「うん」甲斐は頷く。「自覚していないのだったら、ますます良いな。ご両親の教育が良かったのかしら？」

それはジョークだろうと判断して、僕は無視した。

「率直にきくけれど、自殺したいと思ったことは？」甲斐は尋ねた。

「あります」

「何故、しなかったの？」

「わかりません。たぶん、周囲に迷惑がかかると思ったから」

「でも飛行機に乗っていれば、いつでもできるでしょう？　誰にも迷惑がかからない方法で……」

「はい」僕は頷いた。

「最近は、もう、そうは考えない?」

「そうですね。地上に降りたとき、一番強く思うのは、もう一度飛びたい、ということです。死んだら、もう一度飛べません」

「うん、良い答だ」甲斐は口もとを緩ませた。「キルドレが抱えている大きな問題は、そこにある。あなたのような生き方を、もっとみんなに広める必要があるかもしれない」

僕のような生き方?

どんな生き方だろう?

自分に生き方がある、とさえ自覚していなかった。

生き方なんて、知らない。

知らなくても生きていける、という方法が、少しわかっただけだ。

ほんの少しだけ。

生きていけるかもしれない、という道筋が、見えただけだ。

ほんの少しだけ。

「もういいわ。どうもありがとう」甲斐は立ち上がって、片手を出した。彼女は握手が好きなのだ。「一カ月後に、また会いましょう」

3

一カ月ほどあと。僕とティーチャと二人で出張することになった。飛行機ではなく、電車でほぼ丸一日かけての移動だった。どうして飛行機で行かないのか不思議だが、目的も具体的には教えてもらえなかったから、きっと極秘のプロジェクトなのだろう、と思った。

列車に乗っている間、僕は本を読んだ。ティーチャはだいたい眠っていた。ときどき短い会話を交わすだけだった。たとえば、新しい暗号コードのこと、機銃の安全装置の構造について、ラダー・トリムの二重化のこと、笹倉が試している新方式の推進システムの話などだった。

それから、プッシャとトラクタの比較についても、やはり議論をした。僕が乗っている散香と、ティーチャが乗っている翠芽の比較に行き着く。二人とも、両方に乗った経験があるし、飛び方にどのような差があって、どんな可能性が二種類の飛行機にあるのか、というテーマだ。これは本当に有意義な議論だった。けれど、有意義な議論が、実戦に役立つことは滅多にない。

ただ、こんな話をきっと比嘉澤はしたかっただろう、と途中で僕は思いついた。彼女の意志が、飛び散った爆弾の破片みたいに僕の躰のどこかに残っていることは、やはり確からしい。植物が種を飛ばして、方々に植えつけるように、人間の意志も、見えないところで広がるのかもしれない。

降り立った最後の駅に約束どおり迎えの車が来ていた。それに乗り込んでさらに三時間走った。最後の一時間は、とんでもない山道だ。車がこんなに揺れることを僕は初めて知った。

ところが、目的地に到着してみると、そこは、広大なスペースで、明らかに滑走路と思われる舗装した直線の道路が、建物の向こう側に見えた。

「飛行機で来れば良かったのに」僕は呟いた。

長時間、電車と車で揺られたせいで僕は疲れていた。足は重く、頭痛がした。それに、気持ちが悪かった。

会議室に案内され、簡単な説明を受ける。このとき、ようやく任務の内容がわかった。新型の飛行機の試乗だった。試験飛行ではない。テストは既に終わっている、と説明者は念を押した。それに乗るのは、ティーチャではなく、僕のようだった。みんなが僕を見つめていたからだ。

資料が配られ、その飛行機に関する具体的な説明が始まった。プッシャの双発だった。

つまり、機体の後部に二つのプロペラを装備している。主翼の途中、両側に駆動メカニズムを搭載している。重量バランス的に問題があるのではないか、というのが最初に浮かんだ疑問だったけれど、そんな簡単なことは、おそらく解決しているのだろう。

僕はぼんやりと聞いていた。時刻はそろそろ十六時。今日は飛ばないのだろうか。

しかし、説明が終わると、格納庫へ案内され、その飛行機の実物を見ることができた。

機体は大きい。それが第一印象だった。

真っ赤に塗装されている。

染赤《ソメアカ》というのが、その飛行機の名前だった。

カメラを持った男たちが、僕の写真を撮った。その飛行機の前に立って、いろいろな角度からフラッシュを浴びせられた。コクピットに乗り込むところ、主翼の上でも、キャノピィを持ち上げてシートに座ったあとも、それぞれ何枚も写真を撮られた。

僕はベルトを締めた。

こうなると、一刻も早く飛びたくなる。

メカニックが、確認のために、僕に最後の説明をした。

当たり前のことばかりだ。

整備はすべて終わっている。

外に引き出され、しばらく待った。

僕は空を見た。

風はない。

飛んでも良い、という指示が出る。

西の空が、赤く染まろうとしていた。

エンジンを始動。

不思議な音がした。プロペラを減速しているからだ。

メータをすべて確認する。メカニックがまた主翼の上にやってきて、僕にエンジンの同調について、音の説明をした。しかし、特別なことでは全然ない。素人ではないのだ。武器さえ使わないのであれば、飛行機なんて、スロットルと、あとは、エルロン、エレベータ、ラダー、そしてフラップ。四つの舵しかない。そのうち、普通に飛ぶのに必要なものは、二つだけ。

エンジンの癖、プロペラのピッチ・コントロールの説明も繰り返された。難しいことをする必要はない。最適なところに既にセットされている、という内容だった。

メカニックが主翼から降りた。

キャノピィを閉める。

僕は、ブレーキを解除して、滑走路へ向かって進んだ。

ティーチャは別の場所へ行き、カメラマンを乗せて、飛ぶようだった。その機体は今は見えない。彼がそういう役目だったことに僕は驚いた。どうして僕だったのだろう。これがプッシャだからか。否、僕が女だから。きっとそんなことだろう。でも、新しい機体に乗れることは、素直に嬉しかった。

滑走路の端に出ると、無線ですぐにゴーサインが出た。

スロットルをゆっくりと押し上げていく。

反動トルクはまったくない。双発だからだ。

しかし、ごつごつと走るときの振動周期で、機体が重いことがわかった。

左右を見る。翼は大きい。きっと沢山の武器を積めるだろう。戦闘機というよりも攻撃機に近い、あるいは軽爆撃機という位置づけだろうか。

エレベータを引く。

素直に離陸した。

脚を仕舞う。滑らかに上昇していく。

左右にロールをして、エルロンの感触を確かめる。思ったほど重くなかった。どちらかというと、エレベータの方が少し重い。

ターンをする。スリップも申し分ない。

水平飛行をして、トリムを合わせた。ほとんどぴったり。既にチェックを済ませているようだ。

とても静かだった。隔離式のコクピットのせいだろう。散香よりも高いところまで上がれる、という説明もたしかあった。そんな高いところへ上がって、何をする気なのか、と思えたけれど、でも、もちろん上がってみたいとは思う。地面が遠いほど、忘れられることがあるだろう。

ティーチャが上がってきた。泉流だ。無線で指示があったので、しばらく大人しく二機で並んで飛んだ。ターンをしているところの写真が欲しいようだったけれど、ようは、バックに何が映っているか、というだけの違いだ。

写真を撮り終わったところで、自由に飛んでも良い、という指示が出たので、僕はスロットルを押し上げて、上昇した。少し高いところで試してみたかったし、地上から大勢に見られていることが、気に入らなかったからだ。

上昇力は抜群で、まったくだれない。

上下方向の機動性を生かせば、面白いかもしれない。でも、乗っているパイロットにかかる負担はその分大きくなるだろう。急降下と急上昇を繰り返すなんて、ぞっとしない。

ティーチャも上ってきた。見ると僕の後ろについている。泉流という飛行機はプッシャで無尾翼、タンデムの偵察機だ。かなり軽量に作られていて、高速なのが一番の特徴。開発された当初はもちろん戦闘機だったはず。

エレベータを引いて、ループに入れる。
後ろを見ると、ティーチャもループに入った。
もう少し小さく回ってみる。
まだついてくる。
咄嗟《とっさ》に反転して、逆へターン。
続いて、エレベータをダウン。
再び、逆へエルロン。
ラダーを突っ張って、後方を覗く。
泉流が少し離れた。
スロットル・ダウン。
フラップを下げる。
急激にブレーキがかかる。
エルロンを倒し、急反転。
エレベータをハーフ・アップ。
機体が軋んだ。
一瞬のスナップ・ロールで向きが変わる。
スロットル・アップ。

加速する。

ティーチャの後方へ。

躰がシートに押しつけられる。

操縦桿を握り締める。

機体が振動した。

メータを見る。

速度が限界に近かった。

ほぼ真下を向いている。

泉流はターンに入った。

こちらもそれに続き、追い上げる。

ティーチャは旋回方向を変えた。

洗練された動きだ。

僕は、少し我慢してから、操縦桿を倒した。

一瞬だけフラップを使う。

エンジンは唸る。

こんなに回ったことは今までなかったのかもしれない。

無線の声が、なにか言ったようだった。もう降りてこい、とか。

やっとティーチャに追いつく、と思ったら、上へ逃げられる。
インメルマン・ターンだ。
カメラマンは失神したにちがいない。
右に旋回して、軌跡を確認。
もう一度最初から。
ダイブしながら、背面に入れる。
スロットルを絞って、タイミングを待った。
ティーチャも背面で飛んでいる。
エルロンを僅かに倒し、ロールしながら、旋回。
エレベータとラダーを交互に、小刻みに当てて、内側へ入っていく。
ティーチャもロール・ターンで入ってきた。
綺麗なダンスだ。
すれ違う。
すぐにエルロンを逆へ倒し。スロットルを切る。
エレベータをフル・アップ、そして戻す。
ストール寸前でラダーを右へ。
ティーチャはもうターンしている。速い。

嬉しくなった。
スロットルを押し上げる。
フラップを使って、姿勢を維持。
それを戻して加速する。
小さなターン。
反転。
ラダーを切って、機首をスライド。
僕は操縦桿の安全装置に指をかけた。
そうか、これは、実戦じゃない。
バンクを維持して、しばらく、回る。
「ブーメラン、降りてこい」無線で呼ばれた。
スロットル・ダウン。
旋回を続行、速度が失われたところで、下を向く。
地面に向けて墜ちていった。
フラップを戻し、速度がさらに増す。
メータを確認。
高度計が時計よりも速い。

戦いたい。
ティーチャと戦いたい。
僕はそう思った。
彼にならば、撃ち墜とされてもいい。
そう願った。
「おい、引き上げろ！　ブーメラン、無理をするな」
気持ちが良い。
気が遠くなる。
そして……、
思い出した。
あの暗い部屋のこと。
ティーチャが吸っていた煙草の赤い火。
フーコの白い顔。
いろいろと、思い出した。
僕はどこにいる？
僕は、どうしてそこにいたのだろう？
「ブーメラン、どうした？」

甲斐の顔が思い浮かぶ。
自殺するなら、飛行機に乗っているときが良い。
真っ直ぐに突っ込めば一瞬で終わり。
回転することもない。
地面が近づいてきた。
なにもしなければ、良い。
滑走路ではない。
黒い森だった。
エルロンを少し切る。
赤い空。
黒い空。
交互に回った。
機体は振動する。
パネルの赤いランプが点滅。
「ブーメラン！　高度が低い」
畦道に集まった連中の顔。
馬鹿野郎！

可哀相じゃない！
誰も、可哀相なものか！
みんな、立派だ。
みんな、立派に生きている。
誰も、死にたくはないし、
誰も、可哀相になんか、なりたくない、
そうならないように、一所懸命生きているのに。
比嘉澤は、立派だった。
比嘉澤が、僕を待っている。
可哀相じゃない。
絶対に。
すぐ近くを、泉流が横切った。
そのエンジン音が一瞬だけ聞こえた。
「クサナギ」ティーチャの低い声。
僕は泉流を探す。
ロール。
後方やや上で、彼はターンをしていた。

地面は近い。

エレベータを引く。

機首が持ち上がり、僕はシートに押しつけられた。

息を止める。

メータを確認。油圧をチェック。

エルロンを少し補正。

すぐ上を、また泉流が通り過ぎた。

今のは、撃たれていてもおかしくない角度だった。

翠芽だったら、とっくにやられていただろう。

僕は舌打ちした。

「墜としてやる」僕は呟く。

水平のロー・パス。

スロットルを上げる。

滑走路がもの凄い速度で近づいてきた。

建物の前に大勢がいる。

エルロンで翼を立てる。

ラダーで姿勢を維持。

轟音を聞かせてやろう。
狂った連中に。
地上の奴らの知らない音を聞かせてやろう。
彼らの前をナイフ・エッジで通過した。
続けて背面に入れてダウン。
僕は上昇した。
躰は引っ張られる。
ベルトが、僕を支えている。
もう一度。
もう一度、挑もう。
もう一度、ティーチャに。
上昇し、反転して確かめる。
泉流を探した。
ティーチャの機体は、どこだ？
でも、そのとき、彼は既に着陸するコースに入っていた。
僕は溜息をつく。
急に、気持ちが悪くなった。

「ブーメラン、着陸しろ」

無線で指示が入る。

目を開けているのも辛《つら》いくらい、気持ちが悪い。

大きくターンをして、風下へ向かう。

もう駄目だ。

飛んでいられない。

降りなければ。

やっぱり、僕は、ただの人間なんだ。

4

着陸したあと、休憩室へ行って、トイレで僕は吐いた。鏡を見たら、真っ青な顔をしていて、自分でも驚く。もういつ死んでもおかしくない、そんな感じだった。

そのあと、簡単なミーティングがあって、染赤の感想を求められた。急降下特性について、僕は意見を言うことができた。その方面の調整はまだこれからだ、というのが返答だった。

基地を出るときには、すっかり暗くなっていて、また車で揺られるのかと思うと、気が滅入った。でも、後部シートで僕はすぐに眠ってしまった。

ティーチャに起こされる。近くの街のホテルに到着していた。二人でロビィに入り、チェックインをした。ここに宿泊して、明日の電車で戻るというスケジュールだ。

「食事は？」ティーチャがきいた。

「食べられるかな」僕は答える。眠ったせいで、少しは回復していたかもしれない。

「この街には、若い頃に住んだことがある。良かったら、美味い店へ案内しよう」彼は言った。「ただし、店がまだあれば、の話だが」

食事にはまったく興味がわかなかったけれど、彼に誘われたことは素直に嬉しい。時間を約束して、お互いの部屋に入った。

すぐにシャワーを浴びる。

躰が重かった。腕も脚も、鉛になったみたいだった。

こんなに重くては、もう二度と飛行機に乗れないのではないか、と心配になるくらい。

でも、髪を洗った。

服を着てからも、何度か鏡を見た。

青い顔が気になったからだ。

僕は滅多に鏡を見ない。自分の顔を見ることが好きじゃない。

どうだって良い、という方が近いだろうか。

少なくとも、僕の顔を、そんなに間近に見る人間はいないはずだ。もしいたとしたら、その前に僕に殴られているだろう。だから、それと同じように、自分の顔をそんなに近くで見たら、自分に殴られそうな気がするのだ。放っておこう、近づかないでおこう、とつい考えてしまうのだ。

制服以外には一着しか持ってきていなかった。僕はそれを着て部屋から出た。ロビィの丸い柱にもたれて待っていると、ティーチャが下りてきた。

店はホテルのすぐ近くだった。狭い路地にあって、ビルの二階だ。一番奥のテーブルに僕たちはついた。テーブルには蠟燭《ろうそく》以外にはなにものっていない。メニューはなかった。

「食べられないものは？」エプロンをした年輩の女性がききにきた。

「たいていは大丈夫だけれど、あまり沢山は食べられません」僕は答えた。

店員はにっこりと微笑んで奥へ入っていった。

ワインを飲んだ。アルコールは久しぶりだった。

「何故、ティーチャっていうんですか？」僕は尋ねた。

「最初は、チータだった」彼は言う。「並べ替えただけだ」

頭の中でスペルを思い描く。

「rとhが違う」彼は煙草を取り出しながら言った。「誰かが書き間違えたんだ」

「チータって、山猫ですか？」僕はきいた。「見たことがない」

「この近辺にならいる」彼は煙を吐いた。「大丈夫か？　具合が悪そうだったが」

「飛行機じゃなくて、電車と車で酔ったんだと思います」

「ならいいが」

「あの飛行機、どう使うつもりなんでしょう？　戦闘機にはあまり向いていない」

「散香の方が上か？」

「ええ、一対一ならば」

「うん。だろうな」

「そういうことって、開発する人たちは気づかないものなのかな」

「作ってみたら、最初に思い描いたとおりにはならないってことはある」

「それとも、攻撃機が、必要な事態になっている、ということ？」

「さあね」彼は一度だけ首をふった。「そういう情勢には疎《うと》いんで」

空中戦だけならば、戦闘機で充分なのだ。しかし、その戦闘機が飛び立つ基地や、戦闘機を生産する工場、といった、先々までも見越して潰そうと考える奴がいて、そうなると、地上を相手にする攻撃機や爆撃機が必要になる。

「全部、戦闘機にすれば良いのに」僕は言う。「爆弾を落とす飛行機なんて、作らなければ良いのに」

「そうだな」彼も頷いた。

そうすれば、ずっと空だけで戦っていられる。

地上は平和なままだ。

ボクシングだってリングで戦う。

そいつの住処《すみか》まで潰しにいこうとはしない。

きっと、リングに上がったことがない連中が考えた作戦なのだろう。自信があるならば、迎え撃てば良い。恐いから、待っていられない。恐がっているから、相手のところへさきに攻め込んでいこうとするのだ。

飛行機の話ばかり、ずっとすることができた。僕は、プッシャ機に対するティーチャの考えをもう一度聞きたかった。効率の良いプッシャを、何故彼が嫌うのかを。

「結局のところ、ストールから抜け出す時間だ」ティーチャは答えた。

散香のようなプッシャ・タイプはプロペラが後ろにある。一方の翠芽はプロペラが前にあるトラクタ・タイプだ。プロペラが作った風を、機体で受け止めているトラクタは、メカニズムとしては効率が悪い。ところが、機体が失速して、頭を下げて落ち始めたときには、速度がある程度まで達しないと舵が効かないけれど、そのとき、トラクタはプロペラが作り出す風を翼の舵に当てることができるから、舵が早く効き始める。極端な場合、速度がまったくゼロのときだって、プロペラを高速に回して舵を大きく切れば、姿勢を制御できる。

「でも、そんなの……、どうかな、一秒の差もない。コンマ五秒くらい？　新しい散香は、すぐに舵が戻る」僕は話した。

「それだけの時間があったら、相手をやるのに充分だろう？」ティーチャは口もとを緩ませた。

その点では、たしかにそのとおりだ。しかし、プッシャの軽さ、効率の良さは、スペックとしては歴然だ。

それでもやはり、一番の差は、パイロットの癖、つまり慣れの問題に帰着するだろう。機体自体が、正反対の向きに飛んでいるように異なるのだから、簡単には切り換わらない。僕のように、キャリアが少ない場合は、そういった馴染みがまだないから、よくわからなかった。もっと長く飛んでいると、きっと機体までも自分の躰の一部みたいに認識できるようになるのだろう。そうなると、利き腕を変えることのように、急に新しい形式に移行することは難しくなるにちがいない。

料理が運ばれてきた頃には、エンジンの話になった。吸気切換のこと、まだ実用化していないスーパ・チャージャのこと、そして、タービンによる圧縮を利用した、ピストンレス推進機構のこと。笹倉が実験をしていることは、ティーチャもよく知っていた。僕以上に知っているようだった。

料理はとても美味しかった。でも、食べ過ぎて具合が悪くなるといけないので、僕はセーブした。消化器系が弱いせいだろう、子供のときからよくおなかを壊す。体調というのは、僕の場合、胃のことだ。ワインも途中でやめて、水を飲んだ。

海上訓練の話もした。翼を折り曲げるタイプの散香が開発されている、という情報をティーチャは教えてくれた。

「どこで、それを?」僕はきいた。

「いや、友達から聞いただけだ。極秘だそうだが」

僕は、空母の艦長室で会った男のことを思い出した。ティーチャにそれを話すべきかどうか迷った。

テーブルにコーヒーが並ぶ。彼は煙草を取り出して火をつけた。僕の頭痛は多少は薄れていたけれど、躰全体が錆びついてしまったみたいにまだ重かった。きっと疲れているのだ。早くホテルの部屋へ戻って、ベッドに入りたかった。それでも、僕の目は、じっと彼を見つめていて、僕の口は、彼になにかを語りたがっている。何が言いたいのか、自分でもわからない。でも、言葉はとっくに決まっていて、今にも飛び出しそうに思えた。

「もう、出るか?」カップを置いて、ティーチャが言った。

「あの……」僕もカップを置いた。「話したいことが一つ」

彼は無言で小さく頷いた。

「本部の情報部の人が、僕に会いにきました」

それは、言いたかったこととは別のことだった。

彼は無言で、目を細めた。

「それで、ティーチャのことをきかれた。なにか、変わったところがないかって」

「それを俺に話すな、と言われたはずだ」

「言われました」僕は頷く。

「お前は、前途を嘱望《しょくぼう》された人材だ。今日だって、お前の写真を撮りたくて、わざわざここまで呼んだ。嫌かもしれないが、この気流に上手く乗ることだ。ずっと遠くまで飛べるだろう」

「だから?」僕は首を傾げて尋ねる。

「俺のことに関わらない方が得だ」

「どういうこと?」

「あまり親しくならない方がいい」

「何故?」

「うちの会社は、もう俺みたいな人間を必要としていない」

「そんなことはない」僕は早口で言う。「飛行機は作れても、パイロットは簡単には作れない」

「そうかな?」ティーチャは少し笑った。否、そういう口の形になっただけで、目は全然笑っていなかった。むしろ怒っているみたいな、恐い目だった。

「パイロットならみんな、あなたに憧れている。あなたのようになりたくて……」

「つまり、それは何だ?」

「目標です」

「そうだ」ティーチャは頷いた。「目標というのは、単なる目印のことだ。実質ではない。数値か、座標か、あるいは看板。そんなものは、いくらでも作ることができる。見せかけだ。単なるイメージなんだ」

「いいえ、そんな……」

「醜いものを、格好の良いものにすり替える。全部そうだ。汚いものを、綺麗なものでカバーする。反対はありえない。外見だけは美しく見えるように作る。しかし、そうすることで、中はもっと汚れてしまう。この反対はない。俺たちの仕事を考えてみろ。格好良くイメージが作られる。今日の写真みたいにな。しかし、実態はどうだ? 写真には血の一滴も映らない。オイルで汚れてさえいない」

「どういう意味ですか? 僕たちがしていることは、汚いことですか?」

「そうだ」

「どうして?」

「人を殺している」

「それじゃあ……、ササクラがやっていることは？　彼は人を殺すための道具を整備している」

「同じだな」

「それじゃあ、この店は？　人を殺す人間のために、料理を作っている」

「ああ、これも同じだ」

「では、みんな汚いんですか？」

「そうだ」

「ならば、しかたがない」僕は少し呆れてしまって、吹き出した。「仕事なんて、みんな汚いものだ。人間が生きていくこと自体が汚れている」

「そう」ティーチャは頷く。「問題は、それを、美しいものだと思い込ませるマジックだ。そこが一番の問題なんだ」

「でも、そうでも思わないと、嫌になる。生きていくのが嫌になってしまうから……」

「嫌になれば良いじゃないか」

「嫌になったら、だって、生きていけない」

「どうして、生きなければならない？」

「あなたは、どうして生きているのですか？」

「俺か？　俺は、簡単さ、汚いものが、それほど嫌いじゃない」

「そんなの、単なる言い訳です。詭弁《きべん》です」

「そうだ。そういう単なる言い訳、そういう詭弁の汚さが、好きなんだよ」

ティーチャは灰皿で煙草を消した。

「何の話をしていたのか……」僕は呟いた。そうだ、情報部の男の話だった。思い出して、僕は微笑んだ。「まあ、いいや」

「もう、帰るか？」

「ええ」

割り勘で金を支払って、レストランを出た。外は思ったほど寒くなかった。風がないせいだ。空を見上げると、星が出ている。空気は比較的濁っていない。

路地の坂を上っていき、メインストリートの歩道に出る。街灯がオレンジ色。道路の反対側、ビルの一階のショーウインドウが明るい。マネキン人形がオーバやコートを着て並んでいた。バスが大勢の人間を運んでいく。窓に顔が並んで、ぼんやりとした顔、無表情の顔、こちらを見ているように見える顔、でも、きっとなにも見ていない。僕の目だって、今は同じだった。なにも見ようとしていない。求めていない。空で戦闘機を見つけるときの目ではなかった。眠っているのと同じだ。

ポケットに両手を突っ込んで歩いた。歩きながら考えたことは、これからの自分のこと。明日、基地に戻ってから、何をするのか、ということ。それはわからない。合田の命令に従うだけだ。僕たちには、計画というものがない。いつでも飛べる。どこへでも飛ぶし、敵機に遭遇すれば、戦う。それがいつなのか、知らない。次の角で、何が飛び出してくるのかわからないのと同じだ。そんな生活にも慣れたし、むしろ、向いているかもしれない、とさえ思う。ずっとさきに、決まったものがあって、それを待っているよりも、それがなかなかやってこない状況よりも、今の方が僕は好きだ。見える範囲のものだけが、僕に向かってくる、今の方が。

ホテルに戻り、エレベータに乗った。エレベータのドアはステンレスで、閉まったとき、そこに僕とティーチャの二人が映っていた。生ぬるい加速度が、僕たちを引き上げた。通路を歩き、部屋のドアの前まで来る。ティーチャの部屋はすぐ隣。僕は、彼の方を見ようかどうしようか迷ったけれど、結局、キーを差し入れて、ドアが開いて、僕はそのまま部屋の中へ入った。

上着を着たままで、僕はベッドに倒れ込み、顔だけを横に向けて、呼吸をして、窓を見た。カーテンが引かれていないから、隣に迫ったビルの窓が見えた。事務所のような感じ。明るい部屋。何人かがいるのだろうか。天井と照明とキャビネットが上の方だけ見えた。白い蛍光灯が並んでいる。壁には沢山いろいろなものが貼られているようだ。時計もある。僕の部屋は暗いから、覗かれても、向こうからはきっと見えないだろう。カーテンを閉めにいくのが面倒だったので、そのまま目を瞑った。スイッチ・オフ。

5

その後も、僕の生活は変わらない。基地には、新しいメンバが三人来た。三人とも飛行機は散香で、すべて新型だった。戦闘機は全面的にプッシャ・タイプへ移行するという方針が正式に発表された。おそらく、数字的なデータから決定されたのだろう。僕が撃墜した数字が、その一部に含まれているかと考えると、あまり良い気はしない。パイロットによって、向き不向きがあるからだ。

最適なものを追求しようとする姿勢自体が、こういう場合には正しいとは思えない。そもそも、戦闘機が最適なものであっても、正しいものではないからだ。飛行機として、けっして正しい形ではない。たとえば、安定していることは戦闘機としては失格だ。戦闘機は常に不安定であり、いち早く失速できなければならない。そんな特殊な飛行機は他にないだろう。戦わないときには、燃費が良く、速く、そして沢山の武器が搭載できる方が良い。ところがファイトになれば、全然違う使い方になる。道具として矛盾している。最初から矛盾を抱えたメカニズムだということ。

そしてそれは、飛行機だけではない。それを操っているパイロットも、同じ矛盾を最初から抱えている。安定していては勝てない。常に不安定に、いち早く自分を見失い、空気の流れに同化し、加速度の波に瞬時に紛《まぎ》れ込む、そんな空気みたいな軽さがなければならない。それは、地面から上がっていくときには、隠れているものだ。地上に降りてきたときには、忘れている本能だ。空に上がったときだけ、僕たちを支配する悪魔なのだ。

二カ月の間に、僕は十四機を撃墜した。もちろん、基地ではトップだった。ティーチャよりも多かった。この間、僕の機体はまったくの無傷。一発の弾も受けていない。トラブルも皆無。これは笹倉のおかげだ。

身近なメンバでは、薬田が墜ちた。僕と一緒に飛んだ日だった。偶然だとは思うけれど、まえの夜に、食堂で会ったとき、「次に墜ちるとしたら、俺だ」と話していた。そういうことって、もしかしてわかるものだろうか。それとも、そういった僅かな休息のような諦めが、ほんの一瞬の判断の遅れとなって現れるのだろうか。

空では、常に執着しなければならない、必死に縋《すが》りつかなければならない。一瞬でも操縦桿を握る手を緩めては駄目だ。潔さを忘れ、一時も落ち着いてはならない。そういったテンションを、どれだけ維持できるか、ただそれだけに集中する。

自分の鼓動、自分の血流を意識して、

速く速く速く、と押し上げる。

判断よりも速く舵を切る。

考えるよりも速く撃つ。

見るよりも速く予想する。だから、ほんの短い時間の中に、もの凄く沢山のものを、僕たちは空で見る。煙が吹き上がるときの渦。弾け飛び回転する機体の破片。ときには、プロペラの羽根の数が見える。

薬田が墜ちていくところを、僕は知らなかった。遠くて、煙しか見えなかったし、その煙だったかどうかもわからない。ただ、薬田を撃った奴は、僕が墜とした。僕にできることは、それだけだった。でも、それはけっして復讐とかではない。薬田のために、撃ったのではない。それは全然違う。薬田はいい奴だったし、僕が撃った奴だって、同じくらいいい奴だったかもしれないじゃないか。

甲斐にも二度会った。先週彼女が来たときは、一緒に車に乗って街へ出かけ、二人で食事をした。上等なワインを飲んだ。もちろん、その金は甲斐が支払ったのではなくて、会社の経費だ。どういう名目だろう？　会議費だろうか、それとも研修費だろうか。僕は、少しずつだけれど、自分が自分でないものに変わっていくような気がした。だけど、地上で生きていくということは、こういうこと、つまり、自分も含めてすべてを騙《だま》してしまうような機能を身につけること、かもしれない。

葉っぱが黄色くなった頃、僕は二週間の休暇をもらって、故郷の近くのホテルを予約した。家に帰るつもりは全然なかったけれど、家の近くには、見たいもの、会いたい人が、まだほんの少しだけ残っていたからだ。

　長時間電車に乗ったせいもあって、ホテルに到着したときには頭痛がした。それから、知合いを訪ねていって、少し話をした。彼は医師で、僕が唯一先生と呼べる人間だ。もう年寄りなのだけれど、いつも酔っ払っている。実は、僕が昔、自殺をし損なったのも、彼のせいだった。

　心配なことがあったので、彼に診てもらったら、そのとおりだったので、僕は、どちらかというと少し落ち着いた。ホテルに戻ってから、電話をかけ、基地のティーチャを呼び出した。

「クサナギです。すみません、こんな時刻に」僕は落ち着いた声で話すことができた。

「どこにいる？」

「五百キロくらい北です。あの、実は相談があります。堕胎をしたいのです。知合いの医師に相談したのですが、どうしても書類上、本人以外の保証人が必要だと言われました」

「それで、俺に？」

「他に頼める人がいません」僕は言った。「あの、間違えないでもらいたいのですが、僕はなんとも思っていません。あなたに迷惑をかけるつもりは全然ないし、これっぽっちも、その、後悔とかはしていません。すぐに済むそうです。休暇中に片づけたいと思います。

それで、お願いなのですが……」

「明日、そちらへ行こう」

「いえ、違います。病院へ明日、電話をかけてもらえれば、それでOKなんです。あと、サインは、事後に郵送でもなんとかしてもらえます。その話はつけました。常識的に考えても、それくらいの融通は……」

「クサナギ」

「はい?」

「その医者は、お前がキルドレだということを、知っているのか?」

「知っています」

「電話をするから、病院の番号を教えてくれ」

僕は番号を教えた。

「体調は?」

「大丈夫です」僕は明るく答える。「本当に、なんでもありません。どうか気にしないで下さい。ただ、できれば、内緒にしたいとは思います。それは、よろしいですか?」

「もちろんだ」

「感謝します。助かりました。どうもありがとう。今度、お礼になにか奢《おご》ります」

「クレイジィだな」

「は？」

「いや、悪かった」

電話を切ってから、僕はシャワーを浴びた。ティーチャに電話をかけて話すことが、僕にとって最大の難関だったので、それが無事に終わってリラックスできた。湯船に顔を沈めて遊んだ。その夜は、とても気持ち良く眠れた。

翌朝、支度をしてロビィへ下りていくと、その知合いの医師が待っていた。彼は名前を相良《サガラ》という。

「どうしたんですか？　先生」僕は驚いた。今から、彼の病院へ出向くつもりだったからだ。

「車を待たせてある。一緒に行こう」相良は僕の背中に手を回しながら言った。いつも酒臭いのに、今日はアルコールの臭いがしなかった。着ているものも、ちゃんとしたスーツだ。

「どうして、車を？」

「少し遠い」

「どこへ行くんです？」

「病院だ」

「病院って、先生のところじゃあ……」

「いや、もっと大きな病院だ。わしの知合いがいるから、大丈夫、安心しなさい」

「どうして?」

「万一のことがあってはならんからな」

「え? 何です? 万一のことって」

「いいから。大丈夫だ。わしを信じなさい」

「信じていますよ」僕は息をもらす。「どうして? そんなに大変なことなんですか?」

「いや、大したことではない」

自分の体調が少し悪い、ということはわかっていたけれど、それは妊娠したせいだと考えていた。もともと、躰はそんなに丈夫な方ではないが、どこか特定の悪い箇所があるわけでもなかった。パイロットとして、多少は一流になれたかもしれない。その自負はある。だけど、まさかそんなことが関係しているはずはないだろう。相良は、僕の仕事のこと、僕の業績のことなんか、なにも知らないはずだ。僕は保険を使わないつもりだったから、身分を証明するようなものを一切彼に見せていない。

タクシーが待っていて、それに乗った。乗っている間は、黙っていることにした。三十分ほどして、病院に到着。とても大きなビルだった。

鯨《くじら》のように気が重くなってきたけれど、しかたがない。とにかく、早く終わってしまいたかった。

背の高い若い医師が現れ、診察室で簡単な検査をした。驚いたことに、この医師の名前も相良だった。もしかしたら、息子かもしれない。でも、それは尋ねなかった。僕は質問されたことだけを簡潔に答える。検査が終わって、薬を飲まされ、それから、腕に注射をされた。

控えの部屋のベッドで寝ていると、年寄りの方の相良が入ってきた。

「どうだね?」彼はにこにことした顔でベッドの横に座る。

「大丈夫です。麻酔がもうすぐ効いてくるって言われました。眠くなるんですか?」

「ああ、眠くなるよ」

「今日のうちに、ホテルに帰れますか?」

「さあ、それはわからない。しかし、遅くても、明日には戻れるだろう」

「すぐに、普通に仕事ができますか?」

「飛行機に乗れるのか、という意味だね?」

「知っていたんですね」僕は頷いた。ティーチャが電話で話したのだろう。

「大丈夫だ」相良は頷いた。でも、そこで急に笑うのをやめた。「内緒にしておこうか、と思ったが、やはり、これは医師として、話すべきかと考え直した」

「何をですか?」

「君が特殊な人間であることは、もちろん知っていた。最初に、君を診たときから、もちろん、そのことは知っている。君たちは、普通の人間に比べれば、生命力が強い。病気になりにくい。一般的な老化も起こらない。怪我をしないかぎり、死ぬことは滅多にないだろう」

「あの、そんな説明は必要ありませんよ、先生。何の話ですか?」

「君の中にいる生命も、それと同じだということだ」

僕は驚いた。そんなこと、考えもしなかった。どこにも、そんな情報はなかったし、聞いたこともない。だけど、考えてみたら、当然のことかもしれない。ただ、それが何だというのだろう? 堕胎には無関係ではないか。

「珍しいケースなので、データは少ないが、その可能性が高いということだ」

「だとしたら、どうなんですか?」

「いや、どうということはない。同じだ」

「殺してしまうんですから、同じですよね」僕は無理をして笑おうとした。

「普通ならば、死んでしまう」相良は、僕に顔を近づけ、囁くように言った。「しかし、生かすことができる」

「え?」

意識が少し遠のいた。

相良は黙って僕を見据えている。

「先生」

一度目を瞑る。

頭が回らなかった。

何の話だったか……。

僕は苦労して目を開けた。

「心配しなくても良い」

「生かすなんて……、そんな無茶な」僕はゆっくりと話す。

「彼が、それを依頼してきた」

「彼？　彼って？」

「父親だ」

「え？」僕は驚いた。「ティーチャが？」

「そうだ。彼には、この生命に関する義務と、そして権利がある」

「権利なんてない。義務もない」僕は首をふった。

「いや、君はそれを納得しているはずだ。そのために、書類の保証人をお願いしたのだろう？」

「でも……、彼には……」

「君がいくら権利を放棄しても、彼には、まだその権利が認められている。だから、もし、生かせるならば、彼のために、我々は手を尽くさねばならないのだ」

「そんなこと、お願いしていません」

「私は、彼から依頼された」

「でも、僕の躰です」

「そんな理屈は通らないよ。クサナギ君。今のこの時点で、まだ生きているのだ。君の躰から取り出すことで、君の義務は終わる。君には、その生命を殺す権利はない」

「そんな、馬鹿な」僕はまた目を瞑った。「どうして、ティーチャは、そんなことを」

「終わってから、彼にききなさい」

僕は必死に目を開けて、相良を見た。もう、焦点が合わなかった。キャノピィが曇ってしまったみたいに。

「もし、生きていたら、その子を、人工的に育てるのですね？　そして、人間になるのですね？」

「もちろんだ」

「普通の人間になるのですね？」

「当たり前だ」

「本当ですね？　本当に普通の人間になるんですね？」

「君だって、普通の人間だろう？　人間はみんな普通だ。医学的に、遺伝子学的に、多少の個体差が認められるだけだ。普通も異常も境はない」

「大丈夫ですか？　なにかの障害が、現れたり……」

「そんな心配はない。大丈夫だ」

「でも……」

「さあ、もう眠りなさい」

「お願いです」

「何だね？」

「内緒にして……」

「何を？」

「誰にも教えないで」

「わかった」

頭の中が液体のように、揺すられている。

僕の中の生命も、液体の中に浮かんでいるのだろうか。

ティーチャの手が、僕に触れている、そんな錯覚があった。

もうなにも見えない。

明るいだけ。

僕は目を閉じる。

海に沈んでいくような感じだった。

ゆっくりと……。

鼓動を聞きながら。

呼吸の抵抗を感じながら。

そして、泡に混じった母の歌声を、思い出しながら。

6

その夜は、病院のベッドだった。

よく覚えていない。

僕は、ぼんやりと天井を見ていた。天井に開いている小さな穴を数えていた。途中で瞬きをしてしまうと、また最初から数え直さなければならない。ちっとも、一列を数えることができなかった。

黄色いビニルの袋からチューブが僕の右腕へ延びていて、そこに包帯が巻かれている。おなかがどんよりと重い。脚を動かそうとすると、腰が痛かった。

次の日は、お昼近くに目を覚ました。なんとか、躰は大丈夫だった。僕はホテルの部屋へ戻った。車から降りるときだけ、人に助けられたけれど、あとは自分で歩いた。相良とは病院で別れた。彼はなにも言わなかった。僕も聞きたくなかった。なにもかもう、僕には関係のないことだと思ったからだ。

夕方、おなかが空いたので、ルームサービスを頼んで、部屋で食事をとった。紅茶とパンと、玉子を焼いた簡単な料理だったけれど、美味しかった。これで、元気が出たのか、いろいろなことが好転したように思う。楽しいことを見つけよう、という気持ちが戻ってきた。

テレビを見ていたら、ドアがノックされた。ボーイが食器を片づけにきたのかと思ったけれど、ドアを開けてみると、通路に立っていたのは、ティーチャだった。

三秒ほど無言で、僕は彼を睨んだ。

「入っていいか？　それとも、ロビィで話すか？」

「いいよ、入って」僕は後ろに下がった。

食事のワゴンを部屋の隅にどけて、ティーチャをソファに招いた。テレビを消してから、自分も椅子に腰掛けた。

「元気そうで、良かった」

「それを言いに？」

「いや……、今、病院へ寄ってきた」

「話さないで」僕はすぐに言った。「聞きたくない。僕には関係のないことだ。たしかに、あなたに保証人をお願いした。それで、僕はリセットされたわけだから、そのことについては、感謝しています。だけど、それ以上のことを……、こんなことを、お願いしたつもりはありません」

「お願いされていない」

「相談もされなかった」

「相談するべきだったかもしれない」ティーチャは下を向いて話した。「しかし、相談したら、クサナギは何と言った？」

「駄目だって言ったでしょうね」僕は即答する。「絶対に許さなかった」

「そう……。だから、これは俺の責任で……」

「聞きたくない！」僕は言った。少し声が大きくなったかもしれない。それから、首を小さく左右にふった。「どうしたんです？　よく、来られましたね。休暇ですか？　僕がいない間は、あなたは休めないと思っていましたけれど」

「辞めてきた」

「え？」僕は驚いた。「やめてきたって、何を？」

「退職した」ティーチャは答える。「ここへ来たのは、最後の挨拶をするためだ。クサナギが戻ったとき、俺がいない、というのでは失礼になるだろう？　短い間だったが、世話になった。これからも、頑張ってくれ」

ティーチャは立ち上がった。

「ちょっと、待って」僕は見上げる。「辞めて、どうするんです?」

「まだ、考えていない」

「まさか……、子供を引き取るために?」僕はきいた。

「お前には関係のないことだ」ティーチャは少し笑った。「気にするな。また会えるときがあるだろう」

「飛行機は? もう、飛行機には……」

彼はドアに手をかけ、こちらを振り返った。一瞬だけ微笑む。そして、出ていった。

僕は立ち上がることもできなくて、テーブルに手を伸ばして、煙草の箱を摑んだ。一本を抜き取り、それからライタを探す。でも、ライタはない。重い躰を立ち上がらせて、クロゼットまで歩いた。上着のポケットを探して、ライタを見つける。ようやく、煙草に火をつけることができた。

窓へ行き、メインストリートを見ようとしたけれど、真下の入口のところは見えなかった。窓を開けようと思い、鍵を調べて、近くにマニュアルはないのか、と探した。窓は開かないようだ。僕みたいな奴が、飛び降りないようにだ。

煙を吐く。苦い。

洗面所へ行き、火のついた煙草を灰皿に置いて、顔を洗った。

酷い顔をしているにちがいない。

見たくなかった。

そっぽを向いてタオルで顔を拭いてから、煙草を摑んで、部屋に戻った。

椅子に腰掛ける。

沈むように、重く。

溜息。

煙。

「馬鹿野郎」小声で呟いた。

まったく、どうかしている。

全部。

なにもかも。

狂っている。

何を考えているんだか……。

僕だって、何を考えているんだか。

さっぱり、わからない。

とにかく、
何がなんだか、わけがわからない気持ちに躰中が包まれている感じだった。自分の躰が、クッション材にぎゅうぎゅう包まれて、ダンボール箱に入れられてしまった感じ、人形みたいに。

そう、どう考えても、僕の躰の問題なのに、僕とは別のところで、別の人間たちによって、議論されているのだ。べつに虐《いじ》められているわけでもないし、実被害はない。痛くも痒くもない。ただ、僕の心だけが、置いてきぼりになっているみたいな……。

きちんと梱包されたのは僕の躰だけで、本当の僕だけが、置き去りになっている。躰だけが、遠くへ送られてしまうんだ。みんなは褒めてくれる。僕を褒めてくれる。にこにこ笑って、僕を見ている。なにかのコンテストだろうか。それとも、ショーウインドウに並んだマネキン？　そういうものに、僕の躰がなってしまった……、そんな感じ。

嫌だという、確かな理由もないし、失礼も受けていないし、無視もされていないし、それなのに、どうして、僕の気持ちを、誰もわかってくれないのだろう。否、僕自身、僕の気持ちがわからない。そう、全然理解できない。何なのだろう？　こんなふうだから、他人に理解してもらおうなんて、どだい無理な話じゃないか。

たまたま、僕の躰の中に、全然関係のないものが生まれた、ということだったのだろうか？　通りすがりの生命だったのだろうか。草原を歩いているうちに、洋服にくっついてしまった植物の種、みたいなものだろうか。そこから、芽が出て、花が咲いても、僕には無関係のことかもしれない。

そうだ、生命というものは、そもそもその生命のものなのだ。

誰のものでもない。

独立している。

僕は、僕の両親から生まれたけれど、僕が僕の両親を必要としていたのは、ほんの数年のことだったはず。自分で立って、自分で歩けるようになれば、もう生命は自分のもの。

それが摂理。

違う。

そうじゃない。

僕は、その生命を殺そうとしていたのだ。

関係がないのではなくて、関係をこちらから、最初から、断ち切ろうとしていたのだ。

それなのに、横からそれをティーチャが拾っていった。

鳶《とんび》の急降下みたいに、獲物をかっさらっていった感じ。

違うか？

否、違うな。

僕が捨てようとしたものなのだから、
横取りされたわけではない。

でも……。

無関係だったもの、
消えて綺麗になるはずだったものが、
残された。
いくら、僕が無関係だと思っても、
いくら、捨てたものだと思っても、
もう、そうじゃなくなったということ、
それが問題なのだ。
そう……。
そのとおり、問題だ。
もう会わない、もう二度と会わない、ということで、
処理できるものだろうか。
いつの間にか、煙草が短くなっていた。
それを灰皿で揉み消して、新しい煙草を箱から取り出す。
首の後ろが少し痛かった。
目が疲れているのか。
いったい、どうして？
何を見たのだろう。

ティーチャの目を、僕は食いつくように睨んだ。
あのせいか。
とにかく……、
これは、どうしようもない。
考えるだけ、無駄というもの。
どうだって良い、と割り切るしかない。
無関係だ、と思うしかない。
もう……、ティーチャには会えないだろう。
どこへ行くつもりなのか。
まさか、辞めるなんて……。
飛行機を諦めるなんて……。
僕には、とてもできないこと。
考えることさえ、無理なこと。
電話が鳴った。
びっくりした。
音がする世界にいることを思い出した。
立ち上がると、躰が蹌踉《よろ》めいた。なんとかテーブルへ辿りつき、受話器を持ち上げる。

「もしもし。サガラです」老医師の声だった。

「はい、クサナギです」

「ああ、どうだね？　調子は」

「悪くありません」

「大丈夫かね？」

「ええ、なんとか」

「そうか、それは良かった。しかし、しばらくは、無理をしないように」

「さっき、彼が部屋へ訪ねてきました」

「もう、帰ったのか？」

「ええ」

「大丈夫かね？」

「先生、同じ質問ですよ、それ」

「大丈夫そうだな。君は強くなった」

「はい、自分でも、そう思います」

「なにも気にすることはない。昨日や一昨日は、もう来ない。来るのは明日ばかりだ」

「よく意味がわかりませんけれど」僕は少し笑った。

「良かったら、一杯飲んで、話をしようか？」

「カウンセリングでしたら、その必要はありません」

「うん、一人の方が良ければ、もちろん、遠慮するが」

「ありがとうございます。今夜は、できれば一人で」

「そうか、では、また気が変わったら、電話をくれ」

「お世話になりました」

「何を言うか、金をもらったぞ。これは仕事だ」

「それでも、お世話になったことは同じです」

「大人になったな」

「え、僕がですか？」

「おやすみ」

「あ、はい、失礼します」

受話器を置き、指に持っていた煙草を口へ運んだ。

なんて大丈夫な奴。

なんて元気な奴。

なんて見せかけの。

何を考えているんだか……。

いったい、何を……。

「まったく」僕は舌打ちをして呟いた。「ああ、もうやめ」

7

二日ほど、その街をぶらぶらと歩き、その次は、車を借りて、郊外へドライブに出かけ、その次は、書店で本を買い込んで、ホテルの部屋で読んだ。結局、退屈になって、予定を三日切り上げて、僕は基地へ戻ってきた。

夕方、一番近いバス停から、基地まで一人で歩いた。

空はピンク色。幻のような雲が動かない。

ずっと空を見て歩いた。

早くまた、雲の上へ上がりたい。

懐かしい高さへ。

鳥が群を成して西へ向かっているのが見える。

飛行機は飛んでいなかった。

基地が見えてきたとき、聞き覚えのあるエンジン音が聞こえてきた。やがて、ゲートから、バイクが飛び出てくる。こちらへ向かって走ってきた。

近くまできたとき、僕は片手を挙げて振った。

バイクは行き過ぎたところで急停車。笹倉が振り返ってにっこりと笑う。僕は、道路へ出ていった。

「いつ帰ってきた?」笹倉が、エンジン音に負けないように大きな声で言った。

「今」

「え?」笹倉は僕の身なりを眺める。「鞄とかは?」

小さなショルダバッグを掛けていたので、それを少しだけ持ち上げて見せた。

「いや、だって、出かけるときは、大きなバッグを持っていったじゃないか」

行きは、駅まで笹倉のトラックで送ってもらったのだ。

「ああ、うん」僕は頷いた。可笑しかったから、笑ってしまった。地面に立っているときでも、ちゃんと笑えるときがある。「どこへ行くの?　パイを食べにいくなら、連れてって」

「うん、いいよ、乗りな」

僕はバイクの後ろに跨った。

「鞄はどうしたのさ?」笹倉がまたきいた。

「捨ててきた」僕は答える。

「捨てた?　どうして?」彼のバイクはまだスタートしない。

「増槽だって、捨ててくる」僕は答える。

「増槽とバッグは違うだろう」笹倉はそう言ってから、鼻息をもらした。エンジンを一度空吹かししてから、バイクは走り始める。

風が躰に当たって、空冷だ。少し寒い。でも、コートを着ていたし、マフラも巻いていたから、どうってことはない。空に比べたら、地上の寒さなんて軟弱だ。

「ティーチャが辞めたんだ」笹倉が顔を横に向けて大声で言った。

「え？」聞こえていたけれど、僕はきき返す。

「ティーチャが辞めて、出ていった」

「へえ」

「知っているのか？」

「いや、知らないよ」僕は答える。

「電話とか、なかった？」

「え？」

「ティーチャがさ、電話してこなかったか？」

「来ないよ。どうして、僕に？」

「べつに」

「え？」

「もういいよ！」笹倉は叫んで片手を挙げた。

バイクは加速し、真っ直ぐの道を走り抜ける。

堤防の坂道をエレベータも引かずに駆け上がると、うっすらと明るい地平線が川の向こう側に見えた。

嘘ばっかりついている草薙水素《クサナギスイト》。

そういう奴だ。

でも、なんだか楽しくて、横の空をじっと眺めていた。

近くの景色がどんどん流れていくのに、空は全然動かない。

早く飛行機に乗りたい。

雲の上へ昇っていきたい。

そこには、なにもない。

なにもないのに……。

支えになるものも、
褒めてくれるものも、
愛してくれるものも、
なにもないのに。

けれど、
邪魔なものも、

遮るものも、
僕のことを馬鹿にするものも、
なにもないのだ。
躰が軽い、と感じる。
この軽さが、僕のすべて。
愛するために生まれてきたのではない。
愛されるために生まれてきたのでもない。
ただ、軽く……、
飛ぶために、生まれてきたのだ。

epilogue

エピローグ

右へのロールを止め、後ろを見る。左から来た。
エレベータ・ダウン。
フラップを上げる。
スロットルを押し上げた。
エレベータ・ニュートラル。左へエルロン。
ハーフ・フラップにラダーを加えて、ターンした。
右へ反転。
撃ってきた。
遅い遅い。メータを確認。
操縦桿を引いて、ループに入れる。
吸気が切り換わる音。
上を向いたところで、ロール。
相手が見えた。

旋回しながら上ってくるつもりだ。
もう一機、左下方。
しかたがない。増槽を捨てる。
エンジンを絞って、舵を左右に打ってブレーキング。
フル・フラップ。
ダウン。
躰が浮く。ベルトが僕を引っ張る。
操縦桿をさらに倒す。脚を突っ張って、ラダーを切った。
ストール。
エンジンの排気が、キャノピィを包む。
機体は左へ傾く。こいつはいつも左だ。左が好きなんだ。
スロットル・ハイ。
機首が下へ落ちる。ぶるっと震えて、翼がついていく。
加速。
落ちろ、もっと速く。
舵が戻る。
下を向いている。

旋回中の相手が、真下に見えた。
気づいたか？
一度ロールして、周囲を確かめる。
余裕だ。
相手がやっと気づいて右へロール。
遅い。
撃つ。
左へ急旋回して離脱。
一瞬、フラップ、すぐに戻す。
次はどこだ？
スロットルを押し上げ、ロールしながら、緩やかに上昇。
上がってきた。さっきまで見物していた一機か。
墜ちていく機体を確認。これで、三機。
燃料を確認。
油温正常。油圧ＯＫ。
後ろを振り返って、相手の速度を見る。
逃げずに向かってきたのは、立派。

しかし、逃げ出す奴なんて、ここにはいない。
もう一機、上にいる。かなり遠い。味方か？
もう、だいぶ数が減っているようだ。
どちらが優勢なのか、さっぱりわからない。
そんなことは、いつもわからない。
そんなの、全然関係ない。
自分を墜としにくる奴を、迎え撃つだけ。
逃げない奴と、戦うだけ。
左から来るつもりだ。
上昇して、左。もっと左。
相手も上昇している。
ずっと遠くに三機見えた。雲の少し上だ。
黒い煙は、方々で延びている。
霞んでいるエリアもある。
スロットルを少し戻す。追いつかせよう。
ロールして正立。
上の一機はまだ動かない。別の相手がいるのか。

右へターンして、後ろにつこうとしている。
ぎりぎりの半径でつかせる。
この速度では、内側へは入れない。撃てないだろう。
速度を少しずつ上げていく。
まだまだエンジンは余裕。澄ました顔で回っている。
躰がシートに押しつけられる。
操縦桿を握っている手を、少し緩めて、リラックス。
呼吸を整えた。
スロットルを絞る。
ダウン。
躰がシートから浮き、ベルトの金具が音を立てる。
左へ反転。
フラップのタイミングを計る。
ラダーで向きを修正。
来るぞ。
撃ってきた。
全然遠い。

右。
振り返る。
また右。
すぐに戻して、アップ。
エンジン・ハイ。
トルクで回転して、相手が見える。
キャノピィの上からの角度だ。
ロール・アップでターン。
機体が軋む。
油圧やや上昇。
高度確認。
燃料の余裕はあまりない。
そろそろ片づけよう。無理をせず、自然な流れで。
右。
アップを一瞬切って、左へ戻す。
左から斜めに相手が前に出る。
スライドする。

フラップでブレーキをかける。
エレベータで頭を押さえて。
ラダーで逆へ補正。
斜めにスリップする。
射程に入った。
撃つ。
右へ補正。
撃つ。
OK。
左へ離脱。
ターンする。
すぐに上を見る。
雲が近くなっていた。
どこへ行った?
いた。まだいる。
一機だけだ。
ロールして、さっき墜とした機体を確認。

エンジン・カウルから派手に火を噴いていた。
「ダンスは終わりだ」無線から指示が入った。
周囲を見渡す。
下の方に、四機確認。敵か味方かはわからない。
上には、例の一機だけ。
燃料の関係で、お互いにそろそろお開きだろう。
ゆっくりと旋回しながら、上昇していった。
上にいるのが敵機なら、墜としてやろう。
上っていく。
相手も旋回に入った。ゆっくりと大きな円を描く。
その円を少しずつ小さくしていく。
同じ高度になった。
さらにスピードを増す。
やる気だ。
そうこなくっちゃ。
変な模様が見えた。
キャノピィの前に妙なマーキング。

奴はまだ増槽を持っている。今まで高みの見物だったのか。
いい度胸じゃないか。
さらに近づく。
同じ渦をぐるぐると回っている。
躰をシートに沈めながら、ずっと上を向いていた。
もう一度周囲を見回す。
邪魔をする者はいない。
相手の機体が、上に見える。向こうも上を向いているだろう。
「ブーメラン、飛んでいるか？」
「ブーメランだ。あと一機やる」僕は答える。
「戻れ。もう終わりだ」
相手の機体は古いタイプだった。散香の敵ではない。
優雅に飛んでいられるのも今のうちだ。
あっという間に、墜としてやる。
スロットルを絞り、フラップをじわじわと下げた。
バンクを増し、旋回半径を小さくしていく。
少しずつ、内側へ。

さあ、追いついてきた。
これは、飛行機の基本性能の差だ。
相手の尾翼が前に見えてくる。
まだ、逃げない。
撃たれるつもりか。
フル・フラップ。
エレベータを僅かにアップ。
さらに内側へ入った。
ラダーで機首をコントロール。
エレベータで微調整。
射程に入った。
撃つ。
相手は、瞬時に浮かび上がった。
増槽を捨てたのだ。
なんというグッドタイミング。
上を向いたら、失速して、こっちが危ない。
僕は我慢して頭を押さえる。相手の下から回り込もう。

向こうは機速を落とせないはずだ。
下から近づいていく。
じわじわと射程に入る。
機銃の引き金に僕の指がかかったとき、
相手は、木の葉のようにスナップした。
僕もすぐに左へ反転。
相手は上昇する。
追う。
フル・スロットル。
同時にフラップを戻す。
一瞬息をついて、エンジンが吹き上がった。
まだ、後ろにはついているけれど、少し離される。
息をつくエンジンのせいだ。
しかし、散香の方が軽い。しだいに、追い上げる。
ときどき、左右に相手は傾いた。
こちらを見ているようだ。
この状況で、よくそんな真似ができる。

なにか勘違いしているのだろう。
散香の最新型を知らないのか？
もう、脱出の準備をした方が良いかも。
「ブーメラン、戻れ！」また無線で指示が入った。
「今行く」僕は答える。
メータを確認。
燃料はぎりぎりかもしれない。
こいつのために増槽をもう少し持っていれば良かった。
こんな面白い奴が残っていたなんて……。
急に相手が遅くなる。
みるみる追いついた。
まさか、ストール？
自殺行為だ。
射程に入る。
撃つ。
しかし、相手は尾翼を振って、左へ倒れこんだ。
今のは何だ？

トルク・ロールか?
否、いっぱいに切ったラダーにプロペラ後流を当てたのだ。
こちらも、スロットル・ダウン。
ストールに入れる。
ほぼ同じ高さで、向こうもターンする。
キャノピィが見えた。パイロットのヘルメットも。
ボンネットの黒い模様は、猫の顔だった。
目が二つ、穴のようにあいている。
左へ倒れて、落下していく。
フラップを用意。
スロットルを一度押し上げ、そのトルクで、向きを制御。
舵がまだ効かない。
相手が見える。
向こうも急降下に入った。加速している。
逃げるつもりか。
スロットルを押し上げる。
油圧OK。

燃料系は、ぎりぎりだ。
ようやく舵が効いてくる。
相手は、水平に戻して、高度を上げ始める。
どうしよう……。
溜息。
僕は、スロットルを戻した。
しかたがない……。
周囲をぐるりと見る。
ずっと離れたところに、五機ほど見えた。
味方が集まっているようだ。
「おい、ブーメラン。戻れ！」
舌打ち。
「了解」
上昇していく敵機をもう一度見る。
翼を左右に振った。
「え？」僕は驚いた。
ゴーグルを外す。

眩しい。
その機体はどんどん遠ざかっていった。
小さくなる。
他には誰もいない。
雲もずっと下。
エッジだけが赤く光って。
機体は見えなくなる。
大きく旋回して、方向を変えた。
深呼吸して、ゴーグルをかけ直す。
あの翼の振り方、絶対に忘れない。
「やったぁ！」僕は大声で叫んだ。
「どうした？　ブーメラン」
「あ、ごめんごめん。マイクが入ってた」
「びっくりした」栗田の声だ。彼もまだ飛んでいた。「やめて下さいよ」
高度を少しずつ下げながら、編隊を組んで帰還する。
来たときの半分よりは多かった。
墜ちていった奴は、きっと最後のフライトを楽しんだだろう。

まだ飛んでいる奴は、次はいつ飛べるかって考えている。

「馬鹿野郎」可笑しくて、涙が出た。

ゴーグルを外して、目を擦る。

猫の絵なんか描いて。

「チータってことか？　まったく、何考えてんだか」

僕はそれから、大笑いした。

思いっきり笑った。

空だから。

なにもないから。

各章冒頭の引用はすべて、
『レオナルド・ダ・ヴィンチの手記　上下』
（杉浦明平訳・岩波文庫）によりました。

解説

吉本ばなな

森先生にこの小説を読んだ感想をメールしたときに、

「一発で××！　という話ですね」と書いたら、

「うわあ！　恥ずかしい！」というお返事がかえってきました。

その答えを見て、ああ、この人はほんとうに才能があるんだなあと改めて思いました。

これだけのことを書いても酔いしれてもいないし、遊びで書いているわけでもない。書き出したら世界はごく自然に彼の前に広がり、やがてあふれだして止まらなくなってしまうのだろう、そう思いました。


小説家になるということはすばらしいことのように思っている人がたくさんいるけれど、ほんとうは自分の心の中のかすかな醜さまで見つめなくてはならない、たいへんいやらしい仕事だと思います。

現世で生きづらい人ばかりが小説家になるような気がします。頭の中が妄想のようなものでいっぱいになり、目の見え方もおかしくなってきて、そして初めて人はそれを放出するのだと思います。蓄積があって、必然があって出てくるのです。

私はミステリィには全然くわしくなかったので、初めて森先生の本を読んだのは『星の玉子さま』という絵本が送られてきた時です。いろいろな角度から読むことができるその本にわくわくしながらも、私は「ミステリィ作家の上に絵も描けて絵本も書いちゃうっていう感じなのかな、多才な方だな」と思いました。それは、出版界ではよくあることであり、私の反応もよくある反応なのです。その頃の私は本当に孤独で、この世にはそういう意味で意外性なんて全然ないのだ、というふうにも思ってしまっていました。

ところが、この本が送られてきたのにはちょっとした顚末やらもめごとがあり、森先生はその顚末を怒るでもなく、冷静すぎるわけでもなく、淡々と、人にわかるようにていねいに書き記して本に添えていました。もちろんその長い文章はノーギャラで、もしかして人によっては本だけ取り出してポイと捨ててしまうかもしれないものでした。

その森先生の文章をちょっと読んだだけで、私は「この人は仲間だ」というふうになんとなく思いました。考え方が似ている（これはほんの少しあります）とか、工学に優れているとか（優れていません……数学もいつも2以下でした）、鉄道模型が好き（鉄道研究会の幽霊部員でしたが）とかいう共通項ではなく、なにかもっと本質的な、根本的なところでそう思えたのです。あるべき世界に住人として存在しているのに、そのあるべき世界を全然信じていない、強いて言えば、そういうところでしょうか。

森先生も奥さまも一見普通の人の生活を営んでいるように見えますし、そこにはありふれた秩序もあるはずなのですが、実はものすごく珍しい人たちです。私はこの人たちが現代の日本にいて、お子さんもいらして、いろいろなことを知恵で乗り切りながらちゃんと歳を重ねて生きてきている……ということが何かの奇跡のように思えて、森家の生活が描かれた日記の本をまとめてむさぼるように読んでしまいました。私はこの奇妙なバランスで生きている人たちが大好きになり、いろいろなことを人ごとと思えないような感じがしました。森先生たちは少し歳が上なので大変参考になり、自分もなんとか生きていけるような気がしてきた、そのくらい大きな出会いでした。

また、作家としての彼もものすごく特殊な仕事の仕方をしていますが、それも全て私に必要な情報でした。森先生はそのことについて、かなり詳しく日記に書いていました。

私の中でなにかとてつもなかった長年の絶望が癒され、治癒が起こったのです。そういう独自の人生を送ってきた人の書いたものを読むと、心が落ち着きます。それは私のいつも乱れている心を落ち着かせる唯一の方法なのです。

私が信頼できると感じる人は、必ず何らかのオブセッションを持っています。

それは同じモチーフが何回も創作の中に出てくるということでもあります。その場面をどうしてだか書いてしまう、その瞬間を書きたくてどうしても出てきてしまう、そういうようなものがない人は、別に創作をしなくても生きていける人なのです。

森先生の作品で言うと、暗い場所で男女が食事をするが、エロティックなムードではなくなぜか死の匂いがムンムンしてくるという場面、そして真の天才が外から全く隔絶された世界で数年を過ごしているという場面がそれにあたります。

その主題はくりかえし出てくるのですが、何度読んでも飽きることは決してない。どんどんひきこまれていきます。いつかこのことが突き詰められる日も来るような気がします。どうして彼はそれを書き続けるのか。

このシリーズに出てくる人たちは、隔絶された世界にいます。そして、それぞれが違う理由で生にいらだっています。

「別に世界に心を開く必要なんてない、ただ空を飛ばせてくれ」と主人公たちは執拗なまでに思い続けますが、それは彼らの境遇からの逃避でもあり、どうせ絶望的な設定の中にある生なのだから、唯一の好きなことができなかったら死んでも同じだ、というような心境でもあります。それが文章全体にしみわたっているのです。

飛行場面に異様なリアリティがあるために、読者は彼らの心の中にすっと入っていけるような気がします。でも、ほんとうのところは実に共感しにくいはず。ほんとうの意味では死ねない世界はどれほどの絶望に満ちているのだろう、と想像はできても、普通どこか甘くなってしまいます。しかしこの小説はほんとうにリアルです。

このような異様な境遇の中にいる人びとは、意外に自分の人生について考えたりしない、ところどころが薄暗く照らされた世界があり、目の前のことをやるだけなのだ、ということを理解するまでは、この小説は読者に暗いムードのある独特の拒絶感を感じさせます。

彼らの冷たさはそのまま彼らの人生のリアリティなのだ、というところまで世界は完璧に構築されています。現実でいちばん近いのは極端なうつ状態を理性でなんとかしているときの心境でしょう。

私はここで著者にそういう傾向が強いと言っているのではなく、心の中にあるそうした要素を作品に反映させることができる才能について書いています。

絶望的な設定にある人びとを泣かせたり、悩ませたり、外の世界と自分の世界を比べさせたりしてドラマをつくるのが素人の手法だとしたら、渦中にいる人の視点を完全に表現することのほうが真のプロフェッショナルなのです。

お会いすると森先生は教壇に立っているのが似合う大学の先生という感じで、にこにこしていて何に関してもとてもうまく、まるで普通の頭のいい、人付き合いの大好きな、心が広くて人を甘えさせてくれそうな人に見えます。

私は「よくもまあ、こんなふうにつくろってきたなあ」といい意味で思ってしまい、心底感心してしまいました。誰が彼にそれを強いたのか、彼の人生が、職業が強いたのか。いや、強いられていないからこそ、自分だけでやってきたからこそ、続けてこられたのだろう、そう感じました。

私もまたそうやって生きてきたし、これからもそうやって生きていくからです。それが作家というものなのかもしれません。

家族や同胞への愛情があるので社交的であるのはやぶさかではなくても、内面は全く違うのです。人よりむしろ犬のほうが話が合うような人生を送ってきた人というのは、見ればすぐにわかります（この解説、めっちゃほめてるのになんか失礼だなあ……）。

だから私にとっては森作品の登場人物は、この人びとも含めて全然冷たくなく、この世界も淋しくはありません。このシリーズはある意味で森作品の真骨頂だと思っています。「続きが楽しみだな」という類のものでもなく、ただ手元にやってきたら心静かに読むのです。たったひとりで秘湯の冷泉につかったときのように、なぜかその孤独は私を骨のずいまで温めるのです。

（よしもと・ばなな　作家）

巻末インタビュー

『ナ・バ・テア』について

森 博嗣

インタビュア：清涼院流水

——本日は、「スカイ・クロラ」シリーズ第二長編『ナ・バ・テア』の英語版の完成を記念して、著者の森博嗣さんにお話を伺いたいと思います。森さん、いつも英訳をご許可いただき、本当に、ありがとうございます。本日も、よろしくお願いいたします。

森博嗣（以下、森）　こちらこそ、お世話になり、感謝をしています。継続することが、最も難しいことだと思います。少しずつでも前進し、気がついたら、素晴らしい仕事になっている、と皆さんも感じられることと思います。

——「スカイ・クロラ」シリーズは、日本で刊行されたハードカバー版の装丁の美しさが、とても印象的です。第一作『スカイ・クロラ』は青空の、第二作『ナ・バ・テア』は夕焼けか朝焼けの真っ赤な空でした。文庫版（旧版）でも、このイメージ・カラーは踏襲されました。毎回、空をテーマにした装丁にすることや、各巻のイメージ・カラーには、森さんのリクエストがあったのでしょうか。

森　最初の『スカイ・クロラ』のときは、たしか、鈴木成一《すずきせいいち》氏にお任せだったかと思います。できれば、オビをなくしてほしい。英語のタイトルだけでは駄目か、といった話を編集者にしたので、その意向を汲み取ってデザインしていただけたと思います。
その後、二冊めからは、空の別の風景だろうと想像がついたので、次は夕焼けかな、などと編集者と噂していました。でも、基本的に、こうして下さいと具体的な指示をしたことは一度もありません。デザイナさんの自由な発想を妨げるからです。出来上がってきたものに注文をつけたこともありません。いずれにしても、ブックデザインには満足をしています。あの透明のカバーは、「オビ」の扱いなのです。オビのない本を作ることは、今の出版界ではとても難しいことなのです。

――日本の出版界ではハードカバーでも新書でも文庫本でもオビをつけることが慣例となっていますが、欧米で見られるようなオビのない本を実現させるための、透明なカバーだったのですね。森さんから日本出版界への重要な提案になっていると思います。そのように、カバーだけに注目しても革新的であったこのシリーズは、タイトルの独自性でも際立っています。「スカイ・クロラ」、「ナ・バ・テア」というタイトルは、英語の文字列を日本語のカタカナで表記することで、英語にも日本語にも存在しない、その中間のような不思議な音となっています。日本人読者の多くは、その言葉の不思議な響きに魅了された面もあるのではないかと、個人的に感じられます。この効果は英語タイトルだけを見る海外読者には伝わりませんが、その点で英語の限界をお感じになることはありますか。また、将来的に、英語をベースに複数の言語にまたがる言

森　葉のトリックを仕掛けてみたい、というお考えはお持ちでしょうか。

もともと、海外で読まれたら良いな、という想像をして作品を書いています。これは『すべてがFになる』くらい初期の頃から、既にそう考えていました。英語圏で翻訳されたり、映像化されたら、どのようになるかな、と想像をして書いた記憶がありま す。

すべての作品に英語のタイトルを付けていますが、英語圏だったら、そのタイトルだけで良い、と考えています。日本人読者の多くは、英語のタイトルを意識して見ることもなく、英題だけ添えてもあまり意味がない結果となるため、このシリーズでは、わざと片仮名で発音に近いものを日本語タイトルにしました。そうすれば、英語の方も読んでもらえるだろう、という意図です。

言語にまたがる言葉のトリックについてですが、あまり意識をしたことはありません。そもそも、言葉のトリックというものを滅多に考えたことがないように感じます。おそらく苦手なのでしょう。清涼院さんはお得意ですね。


——森さんの言語への鋭敏な感覚は日本人作家の中でも明らかに突出していますし、言葉遊びだけに限定しても、とても敵わないな、と個人的に以前から感じています。英語タイトルを読ませるために、あえてカタカナで英語を表記してタイトルをつけられた、というお話を本日初めて伺って、作家デビュー当時から英語タイトルも重視されてきた森さんだからこそ思いつけた斬新な発想であったのだと、たいへん納得できました。

そのように、森さんが英語タイトルをより確信犯的に前面に出し、海外で読まれることを最初から意識されていたシリーズ第一作『スカイ・クロラ』は、発表当時は日本国内の読者から他のシリーズほど大きな反響はなかった、と、『スカイ・クロラ』巻末インタビューでおっしゃっていましたが、第二作『ナ・バ・テア』発表後に読者の反応に変化はありましたでしょうか。

森　一冊め以上に反響はなかったと思います。それでも、出版社が映画化があるかもしれないと知っていたので、次々書かせてもらえたのです。とにかく、この当時は、読者の多くは森博嗣にミステリィを期待していたので、本シリーズへの書評の多くは、「これはミステリィではない」というだけのものでした。

一般に、読者は、作者が新しいことをするのを嫌います。既存のものの延長線上にいてほしいのです。その意味では、本シリーズを書いたことで、ようやく森博嗣が「何をするかわからない作家」として認識されたのではないでしょうか。もともと、自分ではもっと「何をするかわからない人間」なのですが、小説家の仕事をしているときは、できるだけ常識的な範囲で行動しているつもりです。仕事ですからね。

――森さんほど広範囲な活動をされている作家さんは、ほかに思い浮かびません。森さんが「何をするかわからない作家」さんであることは、間違いないでしょう。『ナ・

バ・テア』に関しては、『スカイ・クロラ』から続けて読んだ読者は特に驚くであろうトリックが仕掛けられています。これは、ミステリィの人気シリーズをお持ちの森さんからミステリィ読者への、サービス精神によるものだったのでしょうか。

森　二作めを出したときは、一作めをさきに読んだ人が多数だったので、最初の部分でちょっとしたトリックが成立しています。しかし、これはとても些細なもので、僕としては、あってもなくても良い程度のもの、と考えています。特に、サービス精神というほど大袈裟なものではない、と認識しています。ただ、こういった細かい部分で読者の反応が大きいことは理解しています。それは「わかりやすい」からです。いずれシリーズが出揃ったら、この順番では読まれないことがわかっていたので、偶然一時的に存在した逃げ水のようなトリックと呼べるかもしれません。

——なるほど、その頃から既に、シリーズが揃った時の読者の印象まで想定されていたのですね。第一作『スカイ・クロラ』は最高の作品を書けた手応えがあったと以前のインタビューでおっしゃっていましたが、シリーズ第二作『ナ・バ・テア』を書き終えた時のご心境は、第一作の脱稿時と比較すると、どのような差がありましたか。つまり、「第一作を超えることを目指したが、超えられるまでには至らなかった」といった失望や、「シリーズを書き継いでいけば、シリーズ全体で第一作を超せるかもしれない」といった予感は、あったのでしょうか。

森　二作めまでに何年か時間が流れていて、小説を書く技術がいくらか上達したように感じていました。事実、二作めを書きあげたときには、なかなか面白いものが書けたな、という手応えを感じました。一作めは荒削りでしたが、二作めは多くの人が受け入れるのではないか、といった分析です。ただ、シリーズものは、絶対に一作めよりも売れることはありません。また、作者の評価と読者の評価は、一般に一致しないものです。

シリーズの第一作は、必ず傑作になります。そうでないとシリーズというものは始まらないと考えています。場を設定する、キャラクタを立てる、というだけで、創作の労力は何倍にもなりますから、傑作でなければシリーズが成立しません。その意味では、一作めを続巻が超えることは構造的に不可能です。ただ、物語的な滑らかさを、一般的に二作めの方が際立たせるだろう、と分析しています。

――「シリーズの第一作は、必ず傑作になります」というお話に、はっとさせられました。森作品に限らず、シリーズ作品を持つすべての作家が同意するのではないでしょうか。まさに、名言です！

『スカイ・クロラ』巻末インタビューで、森さんは「映画化の話が持ち上がり、続編を書かせてもらえたのだと理解しています」と、おっしゃっていました。また、第一作『スカイ・クロラ』（二〇〇一年）と第二作『ナ・バ・テア』（二〇〇四年）のあいだは三年空いていますが、以後は完結まで毎年一巻ずつ刊行されました。出版社からは「何作でも良いから、今後はともかく毎年書いて欲しい」といったリクエストがあったのでしょうか。

森　そうです。二作めの時点で、映像化がほぼ決まっていました。ただし、最初は押井《おしい》監督でというわけではありませんでした。二作めが出たあと押井監督に決まった、と覚えています。したがって、映画にも、この二作めまでがシナリオに盛り込まれました。映画は、予想以上に時間がかかり、その後第五作を出し終わっても、まだ映画が始まりませんでしたので、さらに一作、と出版社からプッシュされて、短編集を書き、シリーズ全六作となりました。

——そうだったのですね。本来の森さんの構想に追加して最後に短編集を書いていただけたことを考えますと、われわれ読者は、映画化の実現が遅れたことに感謝しないといけませんね。

　ところで、本作では、レオナルド・ダ・ヴィンチの手稿からの引用が各章にあります。このシリーズ以外にも、森作品では「天才」がストーリィのキーパーソンとして使われるケースがあります。天才の代名詞とされることの多いダ・ヴィンチのテキストを引用しようと思われたのは、「天才」というのが本作の大きなテーマのひとつだからでしょうか。

森　そういうわけでもありませんが、なんとなく、雰囲気ですね。情緒的な、ファンタジィ的な物語ですが、科学的な基礎があり、リアルにしたいと考えていたので、そういった雰囲気を演出するために引用を決めました。

――第二作『ナ・バ・テア』で冒頭から重要な役割を果たすティーチャという人物は、第一作『スカイ・クロラ』の終盤（Episode 4 以降）で「機体に黒猫、あるいは黒豹の描かれた得体の知れない敵」としてのみ登場しています。クサナギとの因縁も仄めかされていましたが、『スカイ・クロラ』の終盤執筆中に、この人物は、さらに効果的な使い方ができるはず、と既に思われていたのでしょうか。それとも、実際に『ナ・バ・テア』を書き始めてから、彼を使おうと思い立ち、その人物像がクリアに見えてきたのでしょうか。

森　『スカイ・クロラ』を書いたときに、頭にある物語の最終話だという認識がありましたから、必然的に、書いたことはほとんど伏線となって、以後に出てくることになります。したがって、二作めを書く段階で思いついたのではありません。書くならこれを、というものがすべて最初からありました。

逆に言えば、そういった大部分の物語の断片を最初に書いたから、一作めに深みが出たのではないでしょうか。五作書いたことで、一作めの深さは逆に失われているともいえます。

——物語の重要な要素がすべて既に含まれていたからこそ、第一作『スカイ・クロラ』には底知れぬ深みがあり、まさしく最高傑作となりえたわけですね。その完結編『スカイ・クロラ』に通じるシリーズの、時系列では最初に配置される『ナ・バ・テア』では、プッシャ・タイプの飛行機である散香の普及が進んでいく最初の過程が描かれています。また、『スカイ・クロラ』作中でも、エンジンやプロペラが機体の前部にあるトレーラ・タイプより後部にあるプッシャ・タイプのほうが有利だと言われている、という記述がありました。森さんご自身は、プッシャ・タイプの飛行機に特別な愛着は、お持ちなのでしょうか。

森　愛着というものは持っていません。物理的に効率が良いと理解していただけです。現在のジェット戦闘機は、ほとんどこのタイプになりましたし、これからは旅客機もこのタイプになっていくのではないかと思います。

——このシリーズでは、パイロットの誰かが唐突に死ぬ場面が定期的にあります。いのち懸けで戦闘しているので、順番に死んでいくのは必然だと思いますが、戦死するパイロットは、戦闘中に思いつかれるのでしょうか。あるいは、その人物が登場する別の場面で、こいつはそろそろ死にそうだな、といった予感めいた感情が生じるのでしょうか。

森　主要な人物については最初から決まっていますが、それ以外のキャラクタは、その場の流れですね。

——森さんは工作について、「完成するまでが楽しく、完成してしまった物には興味がなくなる」といったことを、以前、エッセィで書かれていました。シリーズの完結編でもある第一作『スカイ・クロラ』に続いて、出発点である第二作『ナ・バ・テア』を書き終えられた段階では、まだこのシリーズの細部まで見えていたわけではなく、工作のように世界が少しずつできあがっていく楽しみが味わえていたのでしょうか。

森　いいえ、このシリーズは最終話を最初に書いたわけですから、これから何作か書いて、そこへ行き着くという目的地がしっかりと決まっていました。その意味では、ほかに同様のシリーズはありません。工作でいうと、最初に表面の仕上げ塗装をしてから、内側を作るようなものです。実際の工作ではそういった順番は選択できませんが、小説ではできたわけです。

——シリーズの細部まで、森さんは最初からイメージされていたのですね。そのようなケースはほかにないと伺い、改めて、このシリーズが森さんの膨大な著作群の中でも特別な意味を持つと理解できました。

第二作『ナ・バ・テア』を書き終えられた段階で、数年後の映画化と、シリーズの完結も漠然と見えていたのではないかと思います。その当時、第三作以降、完結までに書くであろう数作品に感じていた思いは、仕事としての義務感だけではなく、ご自

森　身としても、未知の扉が開かれるような期待も大きかったでしょうか。

書いている間に未知に出会うことは頻繁にあります。ただ、さきのことを大まかに想定しているときは、そういったディテールは見えません。あと数作書かないといけないな、という気持ちは職業意識として持ってはいました。でも、それはまた一年後に考えれば良いか、くらいの気持ちです。ほかのシリーズの作品を沢山書かないといけない忙しい時期でしたので、その程度にしか考えていませんでした。

ただ、一つ言えることは、ミステリィのように決まりきった型に嵌《はま》っていないというだけで、多少は創作の自由さを感じながら書けたと思います。同時に、そういった制約がない、手掛かり足掛かりがない状況でも自分が書けるようだ、という点では技術的な自信となりました。

――ご執筆時の細かい心理まで伺えて、たいへん勉強になります。お話を伺えば伺うほど、このシリーズは森さんの中でも本当に特殊で、独自の価値を有していることを確信できました。英語版「スカイ・クロラ」シリーズの今後としましては、第三作となる『ダウン・ツ・ヘヴン』の英訳を、先日、森さんからご許可いただきました。感謝申し上げます。このシリーズは既に二十か国以上でダウンロードされ続けており、海外読者からも熱いご感想やご質問など多くの反響が寄せられています。『ダウン・ツ・ヘヴン』が出たあとの既刊二作の反応も、ますます楽しみです。以前から予想できた

森　ことではありますが、森博嗣さんの巨大な才能、そして個性は、国境を軽々と飛び越えて、世界各国で今まさに発見されつつあります。今後、森さんが「世界の森博嗣」となられる日を、いちファンとして心待ちにしています。森さん、本日も貴重なお話の数々をお聞かせいただき、本当に、ありがとうございました。
一番売れないシリーズになる、と思って書いたものが、映画になったり、英訳されたりしたのですから、本当に世の中、「拾う神」がいるものだな、と感じます。こういうのを、簡単に「幸運」といっても良いものか、悩ましいところですが、いずれにしても感謝しなければなりません。どうもありがとうございました。これからもよろしくお願いします。

二〇一七年十二月　None But Air (English Edition) by The BBB　巻末インタビュー
（せいりょういん・りゅうすい　作家／The BBB編集長）

ナ・バ・テア
None But Air

〈単行本〉
中央公論新社
2004年6月25日刊

〈新書判〉
C★NOVELS
2004年10月25日刊

〈文庫〉
中公文庫
2005年11月25日刊

新装版刊行にあたり、巻末に著者インタビュー
「『ナ・バ・テア』について」を加えました。

本文デザイン
鈴木成一デザイン室

中公文庫

新装版《しんそうばん》

ナ・バ・テア

——None But Air

2005年11月25日　初版発行
2022年 7 月25日　改版発行

著　者　森《もり》　博《ひろ》　嗣《し》

発行者　安 部 順 一

発行所　中央公論新社
〒100-8152　東京都千代田区大手町1-7-1
電話　販売 03-5299-1730　編集 03-5299-1890
URL https://www.chuko.co.jp/

ＤＴＰ　ハンズ・ミケ
印　刷　大日本印刷
製　本　大日本印刷

Published by CHUOKORON-SHINSHA, INC.
Printed in Japan　ISBN978-4-12-207237-4 C1193

各書目の下段の数字はISBNコードです。978－4－12が省略してあります。

中公文庫既刊より

も-25-15　新装版 スカイ・クロラ The Sky Crawlers　森 博嗣

大人になれない僕たちは、戦闘機に乗り戦うことしかできないのだ——永遠の子供「キルドレ」が請け負う戦争。生死の意味を問う傑作シリーズ。〈解説〉鶴田謙二

207212-1

も-25-9　ヴォイド・シェイパ The Void Shaper　森 博嗣

世間を知らず、過去を持たぬ若き侍。彼は問いかけ、思索し、剣を抜く。強くなりたい、ただそれだけのために。ヴォイド・シェイパシリーズ第一作。〈解説〉東えりか

205777-7

も-25-10　ブラッド・スクーパ The Blood Scooper　森 博嗣

立ち寄った村で、庄屋の「秘宝」を護衛することになったゼン。人を斬りたくない侍が、それでも刀を使う理由とは。ヴォイド・シェイパシリーズ第二作。〈解説〉重松 清

205932-0

も-25-11　スカル・ブレーカ The Skull Breaker　森 博嗣

侍の真剣勝負に遭遇、誤解から城に連行されたゼンを待つ、思いがけぬ運命。若き侍は師、そして己の過去に迫る。ヴォイド・シェイパシリーズ第三作。〈解説〉末國善己

206094-4

も-25-12　フォグ・ハイダ The Fog Hider　森 博嗣

ゼンを襲った山賊。用心棒たる凄腕の剣士は、ある事情を抱えていた。「守るべきもの」は足枷か、それとも……。ヴォイド・シェイパシリーズ第四作。〈解説〉澤田瞳子

206237-5

も-25-13　マインド・クァンチャ The Mind Quencher　森 博嗣

突然の敵襲。絶対的な力の差を前に己の最期すら覚悟しながら、その美しさに触れる喜びに胸震わせ、ゼンは剣を抜く。ヴォイド・シェイパシリーズ第五作。〈解説〉杉江松恋

206376-1

も-25-14　イデアの影 The shadow of Ideas　森 博嗣

主人と家政婦との三人で薔薇のパーゴラのある家で暮らす「彼女」。彼女の庭を訪れては去っていく男たち。知性と幻想が交錯する衝撃作。〈解説〉喜多喜久

206665-6

も-25-6
森博嗣の道具箱 TOOL BOX The Spirits of Tools
森 博嗣
人がものを作るときの最も大きなハードルとは、それを作る決心をすることだ――小説執筆も物作りの一つと語る著者が、その発想の原点を綴る。〈解説〉平岡幸三
204974-1

よ-25-1
TUGUMI
吉本ばなな
病弱で生意気な美少女つぐみと海辺の故郷で過した最後の日々。二度とかえらない少女たちの輝かしい季節を描く切なく透明な物語。〈解説〉安原 顯
201883-9

よ-25-2
ハチ公の最後の恋人
吉本ばなな
祖母の予言通りに、インドから来た青年ハチと出会った私は、彼の「最後の恋人」になった……。約束された至高の恋。求め合う魂の邂逅を描く愛の物語。
203207-1

よ-25-3
ハネムーン
吉本ばなな
世界が私たちに恋をした――。別に一緒に暮らさなくても、二人がいる所はどこでも家だ……互いにしか癒せない孤独を抱えて歩き始めた恋人たちの物語。
203676-5

よ-25-4
海のふた
よしもとばなな
ふるさと西伊豆の小さな町は海も山も人もさびれてしまっていた。私はささやかな想いと夢を胸に大好きなかき氷屋を始めたが……。名嘉睦稔のカラー版画収録。
204697-9

よ-25-5
サウスポイント
よしもとばなな
初恋の少年に送った手紙の一節が、時を超えて私の耳に届いた。〈世界の果て〉で出会ったのは……。ハワイ島を舞台に、奇跡のような恋と魂の輝きを描いた物語。
205462-2

よ-25-6
小さな幸せ46こ
よしもとばなな
最悪の思い出もいつか最高になる。両親の死、家族や友との絆、食や旅の愉しみ。何気ない日常の中に幸せを見つける幸福論的エッセイ集。タムくんの挿絵付き。
206606-9

よ-39-1
それからはスープのことばかり考えて暮らした
吉田 篤弘
路面電車が走る町に越して来た青年が出会う、愛すべき人々。いくつもの人生がとけあった「名前のないスープ」をめぐる、ささやかであたたかい物語。
205198-0

各書目の下段の数字はISBNコードです。978－4－12が省略してあります。

よ-39-6
レインコートを着た犬
吉田　篤弘
〈月舟シネマ〉の看板犬ジャンゴは、「犬だって笑いたい」と密かに期している。小さな映画館と、十字路に立つ食堂を舞台に繰り広げられる雨と希望の物語。
206587-1

み-51-1
あの家に暮らす四人の女
三浦しをん
父を知らない佐知と母の暮らしに友人の雪乃と多恵美が加わり、笑いと珍事に溢れる牧田家。ゆるやかに流れる日々が心の孤独をほぐす。織田作之助賞受賞作。
206601-4

み-51-2
愛なき世界（上）
三浦しをん
恋愛・生殖に興味ゼロの院生・本村紗英に、洋食屋の見習い・藤丸陽太が恋をした。一途で変わり者ばかりの研究室を舞台に、愛とさびしさが共鳴する傑作長篇。
207143-8

み-51-3
愛なき世界（下）
三浦しをん
葉っぱの研究を続ける本村紗英が起こした大失敗。窮地に光を投げかけたのは料理人・藤丸の反応で――世界の隅っこが輝き出す日本植物学会賞特別賞受賞作。
207144-5

か-91-1
カンブリア　邪眼の章
警視庁「背理犯罪」捜査係
河合　莞爾
この能力ってあることに限り絶大な効果がある。それは犯罪です。「理に背く力」を使う犯罪者に立ち向かう、二人の刑事の運命は？
206849-0

か-91-2
カンブリアⅡ　傀儡の章
警視庁「背理犯罪」捜査係
河合　莞爾
都知事選の有力候補者が立て続けに事故死した。そこに「能力者」の存在を感じた尾島と閑谷は捜査を進めるが、思わぬ障害が……？　文庫書き下ろし。
207077-6

き-40-1
化学探偵Mr.キュリー
喜多　喜久
周期表の暗号、ホメオパシー、クロロホルム――大学で起こる謎を不遇の天才化学者が解き明かす‼　至極の化学ミステリが書き下ろしで登場！
205819-4

き-40-2
化学探偵Mr.キュリー2
喜多　喜久
過酸化水素水、青酸カリウム、テルミット反応――今日もMr.キュリーこと沖野春彦准教授を頼る事件が盛りだくさん。大人気シリーズ第二弾が書き下ろしで登場！
205990-0

き-40-4
化学探偵Mr.キュリー3
喜多喜久

呪いの藁人形、不審なガスマスク男、魅惑の《毒》鍋――学内で起こる事件をMr.キュリーが解き明かすが、今回、彼の因縁のライバルが登場して⁉

206123-1

き-40-5
化学探偵Mr.キュリー4
喜多喜久

Mr.キュリーこと沖野春彦が、なんと被害者に⁉　事件に立ち向かったのは春ちゃんラブのイケメン俳優・美間坂剣也。新たな名探偵、誕生か⁉

206236-8

き-40-6
化学探偵Mr.キュリー5
喜多喜久

化学サークルの「甘い」合成勝負、サ行の発音があやうくなる《薬》。そして沖野と舞衣は、理学部地下の冷蔵室に閉じ込められた。この窮地に沖野は――？

206325-9

き-40-7
化学探偵Mr.キュリー6
喜多喜久

沖野春彦が四宮大学に来て三年半。未だ研究のメインテーマを決められずにいた。そんな中、研究室に「ギフテッド」と呼ばれる天才少女が留学してきて？

206411-9

き-40-9
化学探偵Mr.キュリー7
喜多喜久

シリーズ累計50万部突破！　Mr.キュリーこと沖野春彦の推理に《化学反応》を受けた人物たちが織りなす、個性豊かな7色のミステリが登場です！

206529-1

き-40-11
化学探偵Mr.キュリー8
喜多喜久

大学内で撮影された爆破動画。理学部の排水から検出した覚醒剤。そして研究室で体調を崩す学生、その意外な原因を沖野と彼のライバル・氷上が探る。

206745-5

き-40-13
化学探偵Mr.キュリー9
喜多喜久

四宮大学で舞衣が沖野と出会って丸二年。今年も奇妙な相談が寄せられる中、あの人気「化学ドラマ」を沖野が監修することになり？

206869-8

き-40-15
化学探偵Mr.キュリー10
喜多喜久

小国の王子に舞衣がプロポーズされた⁉　一方、沖野も海外の科学研究所にスカウトされて……。第十弾は波乱ずくめの長編作！　文庫書き下ろし。

207067-7

各書目の下段の数字はISBNコードです。978－4－12が省略してあります。

き-40-8
死香探偵 尊き死たちは気高く香る
喜多喜久
「キュリー」シリーズ著者・喜多喜久の新たな化学ミステリ登場！ 分析オタクのイケメン准教授×死の香りをかぎ分ける青年が不審死事件を《嗅ぎ》解く！
206508-6

き-40-10
死香探偵 連なる死たちは狂おしく香る
喜多喜久
人気作家のサイン本に一冊だけ付いたチョコレートの死香の謎など、分析フェチの准教授×死の香りを嗅ぎ分ける美青年の〈匂い〉に特化した化学ミステリ！
206693-9

き-40-12
死香探偵 哀しき死たちは儚く香る
喜多喜久
未解決事件を匂いで「嗅ぎ解いて」きた潤平と風間。ある日、潤平が特殊な薬品をかけられ嗅覚を失ってしまい⁉ 人気作第三弾！
206850-6

き-40-14
死香探偵 生死の狭間で愛は香る
喜多喜久
風間と同居することになった潤平。だがセキュリティーの高いマンションに、不審な死香が付着した郵便物が？ 人気シリーズ第4弾！ 文庫書き下ろし。
207015-8

き-40-16
死香探偵 真心は捧げられた死と香る
喜多喜久
「死香」研究のため同居する風間と潤平。だが風間は姉に「潤平を研究材料だと考えている」と指摘され……。人気シリーズ第五弾は波瀾の予感？
207180-3

き-40-3
桐島教授の研究報告書 テロメアと吸血鬼の謎
喜多喜久
拓也が構内で出会ったのは、若返り病を発症したというノーベル賞受賞者・桐島教授。病気解明の手伝いを依頼された途端、《吸血鬼事件》に遭遇し――⁉
206091-3

つ-3-20
春の戴冠1
辻邦生
メディチ家の恩顧のもと、花の盛りを迎えたフィオレンツァの春を生きたボッティチェルリの生涯――壮大にして流麗な歴史絵巻、待望の文庫化！
205016-7

つ-3-21
春の戴冠2
辻邦生
悲劇的ゆえに美しいメディチ家のジュリアーノと美しきシモネッタの禁じられた恋。ボッティチェルリは彼らを題材に神話のシーンを描くのだった――。
204994-9

つ-3-22
春の戴冠3
辻邦生
メディチ家の経済的破綻が始まり、フィオレンツァの春は、爛熟の様相を呈してきた――永遠の美を求めるボッティチェルリと彼を見つめる「私」は。
205043-3

つ-3-23
春の戴冠4
辻邦生
美しいシモネッタの死に続く復活祭襲撃事件……。ボッティチェルリの生涯とルネサンスの春を描いた長篇歴史ロマン堂々完結。〈解説〉小佐野重利
205063-1

つ-3-25
背教者ユリアヌス（一）
辻邦生
血で血を洗う政争のさなかにありながら、ギリシア古典を学び、友を得て、生きることの喜びを見いだしていくユリアヌス――壮大な歴史ロマン、開幕！
206498-0

つ-3-26
背教者ユリアヌス（二）
辻邦生
学友たちとの平穏な日々を過ごすユリアヌスだったが、兄ガルスの謀反の疑いにより、宮廷に召喚される。皇后との出会いが彼の運命を大きく変えて……。
206523-9

つ-3-27
背教者ユリアヌス（三）
辻邦生
皇妹を妃とし、副帝としてガリア統治を任ぜられたユリアヌス。未熟ながら真摯な彼の姿は兵士たちの心を打ち、ゲルマン人の侵攻を退けるが……。
206541-3

つ-3-28
背教者ユリアヌス（四）
辻邦生
輝かしい戦績を上げ、ついに皇帝に即位したユリアヌス。政治改革を進め、ペルシア軍討伐のため自ら遠征に出るが……。歴史小説の金字塔、堂々完結！
206562-8

つ-3-8
嵯峨野明月記
辻邦生
変転きわまりない戦国の世の対極として、永遠の美を求め〈嵯峨本〉作成にかけた光悦・宗達・素庵の献身と情熱と執念。壮大な歴史長篇。〈解説〉菅野昭正
201737-5

き-31-1
嗤《わら》う伊右衛門
京極夏彦
生まれてこのかた笑ったこともない生真面目な浪人、伊右衛門。疱瘡を病み顔崩れても凜として正しき女、岩――四谷怪談は今、極限の愛の物語へと昇華する！
204376-3

各書目の下段の数字はISBNコードです。978-4-12が省略してあります。

き-31-2
覘《のぞ》き小平次
京極夏彦
死んだように生きる男と生きながら死を望む女は、襖の隙からの目筋と嫌悪とで繋がり続ける——山東京伝の名作怪談を現代に甦らせた山本周五郎賞受賞作。
205665-7

き-31-4
数えずの井戸
京極夏彦
お菊はなぜ井戸端で皿を数えるようになったのか——満ち足りない心をもてあます侍・播磨と慾のないお菊が綾なした、はかなくも美しい「皿屋敷」の真実。
206440-9

き-31-3
オジいサン
京極夏彦
生き生きもしていないし、瑞々しくもないけれど——若ぶらず、気弱にもならず、寄る年波をきっちり受け止め粛々と暮らす、益子徳一（七十二）の一週間。
206078-4

た-85-1
煌《こう》夜《や》祭《さい》
多崎礼
ここ十八諸島で、冬至の夜、語り部たちが語り明かす「煌夜祭」。今年も人と魔物の恐ろしくも美しい物語が語られる。読者驚愕のデビュー作、ついに文庫化！
205795-1

た-85-2
叡智の図書館と十の謎
多崎礼
古今東西の知識のすべてを収める人類の智の殿堂。鎖に縛められたその扉を開かんとする旅人に守人は謎をかける。知の冒険へ誘う意欲作！　文庫オリジナル。
206698-4

た-85-3
夢の上　夜を統《す》べる王と六つの輝晶《きしょう》1
多崎礼
六つの輝晶は叶わなかった六人の夢。翠輝晶は語り出す。死影を宿すアイナと王子アライスの出会いが生んだ壮大な夢を。C★NOVELS『夢の上1』改題。
206836-0

た-85-4
夢の上　夜を統べる王と六つの輝晶2
多崎礼
紅輝晶が秘める復讐の夢。光神王を暗殺せんと後宮へ入ったハウファは王の子アライスを産む。だが同じ日、第一妃にも王子が誕生していた。二人の王子の運命は。
206852-0

た-85-5
夢の上　夜を統べる王と六つの輝晶3
多崎礼
太陽姫と崇められ、人々の夢を担うアライスは、ついに光神サマーアを打ち砕き、王国に青空は戻る。だが、彼女の秘めた無垢なる願いは……。シリーズ完結！
206871-1